无所畏

冯唐

北京联合出版公司

摄影 / 常修雨

【目录】

壹

成功十要素

2　如何避免成为一个油腻的中年猥琐男

10　比成为油腻中年更可怕的是成了油腻青年

14　『极品』装腔指南

22　陪护装腔犯生存指南

35　九字真言

42　成功十要素

47　不怕压力不生癌

53　未来已来，君子不器

58　给我写首情诗好吗

63　中国人为什么不爱排队

贰

爱情如何对抗时间

70	爱情如何对抗时间
74	找个好看的扑倒
81	自己穿暖,才是真暖
87	女神一号是如何炼成的
91	除了包包,还有诗歌
96	你不要轻易开一家咖啡馆
103	有人相信爱情,有人相信灵修
107	喝几口就成了女神

叁

想起一生中后悔的事儿

- 114 毫无意义的一天
- 120 真正的故乡
- 124 我爸认识所有的鱼
- 129 没有父亲的父亲节
- 132 如何和老妈愉快相处
- 139 想起一生中后悔的事儿
- 146 最简单的快乐
- 152 一只玉鸟的悟空
- 159 醒来,在路上
- 167 靠天堂最近的地方
- 172 一间自己的书房

肆

天用云作字

- 181 你对我微笑不语
- 189 小小的一个人
- 205 把美一点点找回来
- 209 我为什么写作
- 216 想起三十五岁的作家冯唐,还真难过啊
- 222 出门看场电影
- 227 血战古人,让世界更美好一点
- 233 佛界易入,魔界难入
- 237 天用云作字

心癖要趁早
名要趁晚

壹

成功十要素

一命二运三风水，

四积阴德五读书，

六名七相八敬神，

九交贵人十养生。

如何避免
成为一个油腻的中年猥琐男

更能消几番风雨,最可怜一堆肉躯。曾几何时,我们除了未来一无所有,我们充满好奇,我们有使不完的力气,我们不怕失去,我们眼里有光,我们为建设祖国而读书,我们下身肿胀,我们激素吱吱作响,我们热爱姑娘,我们万物生长。曾几何时,时间似乎在一夜之间,从"赖着不走"变成了"从不停留"。曾几何时,连"曾几何时"这个词都变得如此矫情,如果不是在特殊的抒情场合,再也不好意思从词库里调出来使用,连排比这种修辞都变得如此二逼,不仅写诗歌和小说时绝不使用,写杂文时偶尔用了也要斟酌许久。

不可避免的事儿是,一夜之间,活着活着就老了,我们老成了中年。在少年时代,我们看书,我们行路,我们做事,我们请教老流氓们,我们尽量避免成一个二逼的少年。近几年,特别是近两三年,周围的一些中年人被很持续地、很有节奏地拎出来吊打,主要的原因都是油腻。这些中年人有些是我的好朋友,有些是我认识的人，有些我耳闻了很久。他们有的是公共知识分子，有的是意见领袖，有的是相对成功的生意人。

"小楼一夜听春雨，虚窗整日看秋山。"男到中年，我们也该想想，如何避免成为一个油腻的中年男？

我请教了一下周围偶尔或经常被油腻中年男困扰的女性，反观了一下内心，总结如下，供自省：

第一，**不要成为一个胖子**。如果从小不是个胖子，就要竭尽全力不要在中年成为一个胖子。中年男的油腻感首先来自体重。人到中年，新陈代谢速率下降，和少年时代同样的运动量、同样的热量摄取，体重一定增加。管住嘴、迈开腿，人到中年，更重要的还是管住嘴。还要意识到，中年的体重不只是在皮下，更多的是在内脏，想想这么多年来吃的红油火锅和红烧肘子就不难理解了。所以，轻度、适度锻炼不能保证体重减少，建议考虑阶段性轻断食。我们曾经玉树临风，现在风狂树残，但是树再残再败再劈柴，我们也要努力保持树的重量不变。我们要像厌恶谎言、专制、谬误、无趣、低俗、庸众一样厌恶我们的肚腩，我们要把四十岁还能穿进十八岁时候的牛仔裤当成无上荣耀。朝闻道，夕可死；朝见肚腩，夕可死。一室不扫，何以扫天下？一胖不除，何以除邪魔？如果我们觉得保持体重太难，就多想想周围那些为了减轻体重义无反顾、万死不辞的伟大女性。

第二，**不要停止学习**。我做实习医生的时候，听一个心内科副教授和我们谈人生，他大声说："三十不学艺，真老爷们儿，四十岁之后不必读书。"在我的少年时代，这是第一次有个男人让我体会到了浓重的中年油腻感。如今，有网络和书，随时随地皆可学习。尽管"北上广深"房价太贵，无房可以堆书，可我们还有Kindle。"腹有诗书气自华"，人丑、人到中年更要多学习。吹牛能让我们有瞬间快感，但不能改变我们对一些事情所知甚少的事实，不能代替多读书和多学习。人脑是人体耗能最大的器官，多学习、多动脑的另一个好处是帮助减肥。

第三，**不要待着不动**。陷在沙发上看新闻，陷在酒桌上谈世界大历史，陷在床上翻新浪微博和微信朋友圈，不能让我们远离"三高"，不能让我们真正伟大。四十岁以后，自然规律让我们的激素水平下降，但是大量运动可以让我们体面地抵抗这一规律。人到中年，能让我们快乐的而且合法合规的事儿越来越少，大量运动是剩下不多的一个，运动之后，给你合法合规的多巴胺。如果肉身已经不能负担大量运动，说走就走，去散步，去旅行，也好。

第四，**不要当众谈性**（除非你是色情书作家）。少年时胯下

无所畏

有猛兽，不谈性不利于成长；中年后大毛怪逐渐和善而狡诈，无勇而想用，要有意识地防止它空谈误国，要树立正确的"三观"：招女生喜欢这件事其实和其他复杂一些的事情一样，天生有就有，天生没就没，少年时不招女生喜欢，中年后招女生喜欢的概率为零。中年后，女生可能喜欢你的其他一切，除了你。如果心中还有不灭的火，正确的心态是，看女色如看山水，和下半身的距离远些，相看两不厌。需要特别注意，和山水不同的是，在征得对方同意之前，请不要盯着女生看，即使忍不住盯着看，也不要一嘴的口水和一双大眼睛里全是要吃掉她的光芒。关于眼神的告诫，也适用于权、钱等其他领域。

第五，**不要追忆从前**。我们都是尘埃，过去的那点成就其实都谈不上不朽。中年不意味着生命终结，不意味着我们只能回忆从前。纠集起最好的中学校友、最铁的前同事、最爱的前女友，畅谈一壶茶、两瓶酒的从前，再尬聊，也只能证明我们了无新意。就算到了二〇二九年人类不能永生，四五十岁也不能算是生命的尽头。积攒唠叨从前的力气，再创业、再创造、再恋爱，我们还能攻城略地、杀伐战取。大到创造一个世界上没有的产品和服务，小到写一首直指人心的诗、养一盆菖蒲、写一本书、陪一只猫，做我们少年时没来得及做的事，耐心做下去。

第六，不要教育晚辈。 尤其是，不要主动教导年轻女性。我们有我们的"三观"，年轻人也有年轻人的"三观"。我们的"三观"有对的成分，年轻人的"三观"也有对的成分，世界在我们不经意间一直在变化，年轻人对的成分很可能比我们的高。即使我们坚定地认为我们是对的，也要牢记孔子的教导：不愤不启。即使交流中不能说服对方，也不要像我老妈一样祝福其他持不同意见者早死。

第七，不要给别人添麻烦。 两年前才第一次去日本，给我印象最深的不是那些美好到伟大的食物，而是日本人骨子里不愿意给人添麻烦的态度。在高铁车厢里，不仅没人不戴耳机看视频，连打电话的都没有。人到中年，管好自己，在经济上、情感上、生活上不给周围人添麻烦。

第八，不要停止购物。 不要环顾四周，很冲动地说，断舍离，太多衣服了，车也有了，冰箱里吃的吃不完，实在没什么想买的东西了。完全没了欲望，失去对美好事物的贪心，生命也就没有乐趣。一个老麦肯锡，八十多岁了还在教麦肯锡年轻的项目经理如何管理自己、管理团队、管理事情。他偷偷告诉我保持年轻的诀窍，不能常换年轻女友，一定要常买最新的电子产品，比如最新的电脑、最新的手机、最新版的《VR 女友》。

第九，不要脏兮兮。 少年时代的脏是不羁，中年时代的脏是真脏。一天洗个澡，一身不油光。一旦谢顶，主动在发型上皈依我佛。买个松下的电动剃头推子，脱光了蹲在洗手间，自己给自己剃，两周一次，坚持一生，能省下不少时间和金钱。即使为了抵抗雾霾而留鼻毛，也要经常修剪，不要让鼻毛长出鼻孔太多。

第十，不要鄙视和年龄无关的人类习惯。 哪怕全世界都鄙视，我还是坚持鼓吹文艺，鼓吹戴手串和带保温杯。所有的世道变坏都是从鄙视文艺开始的，十八子、一百零八子佛珠流转千年，十指连心，触觉涉及人类深层幸福；保温杯也可以不泡枸杞，也可以装一九七一年的单桶威士忌，仗着保温杯和贱也可以走天涯。

因为苦逼而牛逼，因为逗逼而二逼，因为装逼而傻逼。愿我们远离油腻和猥琐，敬爱女生，过好余生，让世界更美好。

比成为油腻中年更可怕的是成了油腻青年

写"油腻 1.0"那篇文章的时候,真实心境是自省:人到中年,如何避免油腻猥琐?如何不惹人烦?如何再为世界做点贡献?

发表的那天是在欧洲,意大利的晚上,在威尼斯大学聊完文学,时差害人,彻夜难眠,就把这篇自省文章发到个人微信公众号上。第二天醒来,发现被自己的文章刷屏,被油腻中年猥琐男一致声讨:群体中出现了一个内鬼,一个把内心真实体验广而告之天下的油腻老祖,去他二大爷,虽远必诛。

其实,不仅中年,其他年纪的男人,也不比我们这些中年男不油腻多少。中年油腻有些无奈,青年油腻有些可悲。我这些年行走江湖,眼观六路,也看到了不少油腻青年男的形迹表现。

第一,装懂。愿意装逼不已,不愿意认真学习,不能掘井及泉,只是觉得自己了不起,一张嘴就是名词概念,再细问却是一脑子糨糊:热衷谈论国际时政,细问当今美国总统的名字都说不全;热衷谈论投资理财,细问连回报率为何物都说不清。暂时装逼有快感，一直装下去就会在最好的年龄错过真正可以牛逼的机会。多学习，多研究，对真正热爱之事，真正投入精力，向那些可以就防晒美白详细说出八种不同方法的女性好好学习。

第二，**着急**。只记得成名趁早，不记得"夫水之积也不厚，其负大舟也无力"。总以为水小舟大，其实是没见过大江大海。想尽一切办法出名，"一脱""一骂""一摔"，无所不用其极。喧嚣之上的"名气"不过是红尘云烟，过眼即散，谁都不会记得你。真想要千古的名声，作家最终靠的是好文章，演员最终靠的是好演技。

第三，**逐利**。一切以钱为标准，只闻得见铜臭，闻不见花香。大学毕业找工作，只在意哪个行业赚钱多——房地产行情好就去售楼，微商赚钱多就去做微商，区块链有"钱途"就去研究区块链。满脑子想着要"喜提和谐号"，却未曾想过，只有对钱的热忱却没有理想，即使站在了风口，也不会成为那只"会飞的猪"。

第四，**不迷恋肉身**。既不迷恋自己的肉身，也不迷恋身边人的肉身。无论如何青春的肉体终会消逝，可以珍惜的时候就要好好珍惜，能够展现的时候就要尽情展现，不要等到肉身衰老，禽兽无能，眼前花盛开，鸟却飞不起来，才后悔莫及。

第五，**迷恋手机**。如今，手机已然变成人们身体的一部分，一时一刻摸不到都会焦虑；比起摸不到心爱的姑娘的手，摸不到自己的手机似乎要严重百倍。喜欢的人只活在手机里，隔着屏幕点个赞、送个花，就妄想能得到女神垂青，事实上，根本不知道女神的真名真姓真三围。

第六，不靠谱。放鸽子比放屁容易，工作没有时间表，赴约随时随地看心情。不理解一个唾沫一根钉，不明白口齿当作金，不认可君子一言驷马难追，以为一时是所有时，混过一时是一时。将来总有一天，你会明白，困境、死境都是自己曾经立起又自己放倒的目标。

第七，不敢真。酒足饭饱，年轻人爱玩"真心话大冒险"，可大多人既不敢"大冒险"，也不敢"真心话"。对爱的人不敢说"爱"，对不爽的事不敢说"不"，不敢承认自己的处境，不敢承认失败然后从头再来。时过境迁，回过头来，要拿真心对世界的时候，大抵已经找不到心在哪儿了。事实上，说句真话你会死啊？承认你毫无天分你会死啊？

第八，假佛系。人性里其实有神性和兽性——从来正确、从来道德、从来不越雷池一步、从来不为少数派鼓掌、在哪里跌倒就在哪里躺下、想着爬起来就有可能再倒下太没面儿，你就不厌倦自己吗？身体、灵魂长时间躺在床上，假装自己无欲无求，其实只是懒得追求,到最后落得床都鄙视你。

第九,审美差。古人对于美的认知极其多元,环肥燕瘦都是美人,现在打开那些视频直播看一看,所有的女神,鼻子、眼睛、嘴巴一模一样。原来担心会跟品位不好的人撞衫,如今担心会跟审美不好的人撞了女朋友的脸。

第十,不要"脸"。出门只抓头发不洗脸,头顶还没像中年人那般发光,脸上却常年泛着油光。所谓"相由心生",脸上的油光,就是心里的油渣。来不及了解你的人,直接就会被这一脸油挡了回去。也许正因为它,一不小心就错过了人生中最美好的时刻,以及最中意的姑娘。

"极品"装腔指南

我前几天在新媒体上读到一篇《中年男纸装逼十则》,非常具体地讨论了十种当前流行的装逼方式,语言尖利,隔山打熊。文章里列举了不少人,一大半是我朋友,也包括我。按这十种行为去套我认识的人,躺枪一片,很多人无限接近满分,也包括我。

但是,细细读来,抛开不屑、暗讽、明嘲,还有羡慕嫉妒恨不说,以我有限的见识观照,这篇文章似乎只描述了一般的装逼现象,没登堂入室,甚至完全没有摸到仄仄的极致的逼门。用更简洁的现代汉语说,就是逼格不够高,对装逼的认识严重不足。

那咱们就索性再举十个例子,聊聊"极品"男人如何极致装逼。

一、写信

那篇文章里拿我举例子的装逼行为就是爱写公开信,更确切地说,就是爱给晚辈写公开信,爱当人生导师,爱把自己的"三观"灌输给晚辈。且不说孩子们总是被各种不靠谱的鸡汤和毒气浇灌，需要一些另类的清风朗月来中和，单说写信，其实逼格更高的还有很多。

比如，迄今为止，连续七年在 *GQ* 开设公开信的专栏，每月一篇，给苏轼写、给范蠡写、给周作人写、给外甥写、给公文包写，其间，五个责任编辑离开了 *GQ*，两本杂文集结集出版，迄今为止，一直在卖。这个男人叫冯唐。

比如，一个男人六十二岁那年给同乡故人写了一封一百二十四字的信。九百多年后，这封信卖了一点八亿人民币，加拍卖行佣金二点零七亿元，平均每字一百六十七万元，是迄今为止含金量最高的纸片。这个男人叫曾巩。

二、跑步

极致的装逼不是每天换一条新的 ARMANI 的裤子，而是四十岁了还能穿二十岁见初恋时穿的裤子；不是开辆跑车十三分钟跑完一圈北京的二环路，而是穿双跑鞋十五分钟内绕着故宫外墙跑完一圈。

围着北京城老城墙的界线，跑一圈，二十四公里。火星去不了，南极、北极、珠穆朗玛峰山脚下，各跑一个马拉松。

《绅士的准则》（*Mr. Jones' Rules*）里说："男人要在三十岁时和二十七八流的小明星发生毫无意义的性关系，四十岁时和活着的传奇做爱,这样才能体面地进入四十岁。"这些是腐朽的老牌资本主义国家的见识,不是我们学习的榜样,我们能做的是,四十岁的时候,每周长跑三次,每次十公里,每周和一生挚爱上床三次,每次三个高潮,用这些"三"怀念回不来的三十岁。

三、喝茶

泡茶不是表演少林、武当、太极功夫或者肚皮舞、脱衣舞,不需要泡茶人白鹤亮翅、云手转杯、韩信三点兵。泡茶也不是演讲、念咒、萨满或者背诗、唱曲儿,不需要口中振振有词:"您有没有感到一股暖流从丹田升起?您有没有看到光芒万丈?您的身体有没有微微颤抖?您感没感到您的痛经和白血病已经被治好了?"

茶干净,水干净,壶、盏干净,水烧开,控好温,及时出汤,用嘴喝,喝完叹一声"真好喝啊",就够了。如果追求极致,茶树要是几棵没被污染的古树,做茶时没被掺杂其他叶子,没被茶人过分突出某种香味,捞月的时候捞起泉水,陈到第二天当午时用南部砂铁壶煮,用十到十四厘米口径的宋代建窑盏盛了茶汤,趁热喝。

还嫌逼格不够高,岩茶喝牛栏坑肉桂及其以上,铁壶换名匠之老铁壶,换银壶,换金壶,宋代建盏的底足带"供御""官"

字款。

四、古物

牛逼的收藏不是为了洗钱的收藏，不是最贵的收藏，不是按照乾隆趣味、清宫帝王玺、《石渠宝笈》一路走来的收藏，不是国宝满眼的收藏。

牛逼的收藏是从骨子里明白拥有只是暂时，"欣于所遇，暂得于己，快然自足"；是有比专业人士更专业的相关知识和技能，"十米外断代""蒙眼断代"；是著书立说填补相关空白，过了百年之后还有后来人翻阅参考；是活着的时候用美好的古器物，挂八大山人的画，插汝窑的花瓶，焚钧窑的香炉；是死去之后名字被大大地刻在主流博物馆的墙上。老一辈儿的人里有卢芹斋，刚走的人里有安思远。

五、言语

极致地吹牛逼也是极致装逼的一种，立言也是立德、立功、立言三不朽的一种。入门级极致吹牛逼是北京老出租车司机，知道前后五十年的政治走势。进阶级极致吹牛逼是做个视频脱口秀栏目，闭着眼张着嘴就把没数的钱挣了。终极极致吹牛逼是写几本长销的书，出版了十年、二十年，机场书店还在卖，作者去世十年、二十年、一百年、二百年，机场书店还在卖。

六、读书

高逼格读书不是有个很大的私人图书馆，不是私人图书馆里有很多印刷精美的图书。高逼格的读书是至少读过三五千本书，至少有三五十本是普通人没读完过的经典（比如原文的《尤利西斯》、《诗经》的《雅》《颂》、二百九十四卷的《资治通鉴》），至少有三本是普通人读不懂的著作（比如《广义相对论》《佛教逻辑》《存在与时间》）。

七、情怀

入门级高逼格的情怀是"不做汽水而去改变世界"，比如罗永浩不以口技为生，而以一个单纯手机爱好者的身份在二〇一二年四月开始做智能手机。进阶高逼格的情怀不以挣钱为目的，随手三五年搞成两三个独角兽企业，隔一阵就去纽约股票交易所敲钟。骨灰级高逼格的情怀是横渠四句："为天地立心，为生民立命，为往圣继绝学，为万世开太平。"

八、喝酒

高逼格的喝酒不是顿顿 DRC 和波尔多五大庄。高逼格的喝酒是和好玩儿的人喝，是闭着眼能喝出产地、酒庄、葡萄品种、年份，是同样的价钱能挑出非常好喝的酒喝，是喝完能背出很多唐诗和楚辞。

摄影 / 吕海强

无所畏

九、养生

"席不正不坐,割不正不食",打坐、断食、炼丹、双修,就为了多活几天,不是高逼格的养生。万一打坐的时间远远长过多活的时间,双修的时候被偷拍、被群众举报,嫖娼被抓,就更不值当了。

高逼格的养生是乐生,是在乐生的基础上长生。我老爸抽烟,从十二岁开始抽,现在八十三岁了,他的口头禅是:"天亮了,又赚了。"

十、修佛

拥有顶级的镶满宝石的嘎巴拉佛珠、老坑冰种帝王绿翡翠十八子手串和一线明星最爱戴的仁波切,也不能证明一个人修佛修得高逼格。高逼格的修佛是在日常的劳作里、阳光里、花花草草里、众生皆苦里、生命终极无意义里,试图体会到蹦蹦跳跳的快活。

其实,如果志存高远,"三观"正,逼格正,装逼装久了,就是身、心、灵的一部分了。装逼装极致了,就得大成就了。装逼的过程就是学习的过程,就是感受活着的过程,就是实现理想的过程。

陪护装腔犯生存指南

对于绝大多数男生来说,从小到大,似乎最难改的习性(没有之一)就是装逼了。从这个角度来讲,绝大多数男生都是终生装逼犯。

在装逼面前,权力、钱财、美色的诱惑都变得没那么致命,男生对于权、钱、色的欲望,也没有像装逼那样恒久不变。我认识一个副局长,退休前总是抱怨为什么不能升成正局,升不成正局,退休后的医疗费用就不能全额报销。最近再见到他,他可开心了,说话也变得佛里佛气,问他怎么了,他笑着说,尽管他没升成正局,但是他机关单位里那些正局及以上都出问题了,他变成安全退休的里面级别最高的人了。"自由和心安是最重要的。"他悠悠地说。我认识一个董事长,从政府高官转到企业来的,曾经总是抱怨他下到企业来太晚了,期权已经不让发了。最近再见到他,他可开心了,问他为什么,他笑着说,审计了、审计了,那些拿了期权的人要倒吐回来了。"你说,生不带来死不带去,如果死前还有一大笔钱没花完,多傻啊!"我认识一个青年才俊,曾经耽色成瘾，看过心理医生，差点吃药。他最大的业余爱好是下载和观摩东瀛爱情动作片，三个1T容量的硬盘装得满满的，双手遍布老茧。在要买第四个硬盘之前，他忽然信教了，因为教义禁止看毛片。他把三个满满的硬盘都送给我，并详细告诉了我目录的分类方式。后来，他找了个女朋友，也是教友，按照教义，结婚之前（哪怕订婚了）不能有性行为，他说他在残存的生命里只爱这一个女人了，还给我看那个女人的照片。我怎么看怎么觉得面熟，弯弯眼睛、长直发，像极了他最喜欢的波多野结衣。

我初恋喜欢看男生打篮球，我喜欢在屋子里看书。她说，初夏，太阳刚落山，看几个男生在操场上打篮球，看汗从他们的额头上流下来，风起了，凉凉的，闻到树木和汗水的味道，觉得初夏真好。她说这话的时候，眼睛里有鞭炮噼噼啪啪响。她和我说话，只有一次，我看到她眼里有这样的鞭炮响起——我躲在屋子里玩单机版《沙丘》游戏，她也要试试，我从她后面半抱着她，右手半握着她的右手教她如何用鼠标作战，连过了三关，细细的汗从她额头流下来，我闻到头发和汗水的味道。她扭过头，看着我，说："今天太晚了，以后不用再考试的时候，有大把时间，再换个大个儿电脑屏幕，我们再这样一起打游戏吧？"我看到她眼睛里的鞭炮噼噼啪啪响。后来，老到真不用再考试了，我也买了一个三十英寸的大电脑屏幕，又是初夏，问她要不要一起再打电子游戏。她已经完全记不得这个桥段了，我看着她眼中的无所有，忽然意识到，那些爱我们或者爱过我们的女生，在她们的一生中要花很多时间陪护我们这些装腔犯，安静地、积极地、有创造力地陪我们装逼好多年。

男生常见的装逼方式颇有几种，陪护的方式各有不同。生命苦短，尤其是女生的生命，在陪护装腔犯这件事儿上，有些捷径可走：

一、写信

有些男生早年练过点字，近年升到高管层，开始需要在文件上、账单上、会议纪要上签字和批示，开始怀念早年写情书时笔尖划过纸面上的感觉，于是放弃电脑重新拿起笔写字，装民国范儿。他一旦买了《三希堂法帖》和鸠居堂的笔墨纸砚，你就要警惕，一个装腔犯出现了。

女生陪护的方式可以是：写回去。买一支质量好些的日本产的万年毛笔，省了研墨、洗笔的麻烦，抄抄初唐小楷经书，悟性好的花两三个月的零散时间就能小有成就。出差或者度假，找张好看的明信片或者就拿酒店的信封背面当纸，写些含义丰富的短句,寄给他,比如"把发热的面颊,埋在柔软的积雪里一般,想那么恋爱一下看看"。

二、跑步

过去长期被抑郁症困扰的男生们似乎都开始跑步了,很高比例的人还跑了马拉松。如果你不想丧心病狂地陪他跑四十二公里、手拉手冲过马拉松的终点,你可以做以下一些事儿:迅速掌握几个关键黑话,比如配速,就是一公里跑几分钟的意思。如果他一公里跑十分钟,你就说,真快啊,都比走快这么多了;如果他一公里跑四分钟,你就说,太快了,不能再快了,都比专业运动员还快了。比如PB,就是个人最好成绩的意思。他在追求牛逼PB的过程中,一定会受一两次伤。比如撞墙,就是在跑了比较长的一段距离后打死也不想再跑一百米的心境。如果他撞墙了,你就说,不要停、不要停、不要停。买一辆自行车,他跑,你骑,他跑得口吐白沫、满头是汗,你记得忍住不要把他和狗类比并且不要发出笑声。学习几个拉伸动作,每次他跑完都帮帮他做拉伸,其实就是骑上他的身体,把他弄得吱哇乱叫而已。

三、喝茶

当你听到"肉桂""水仙""明前""雨前""生普""熟普"这几个词的时候,你可以明确地判定,他开始在喝茶上装逼了。

喝茶是装逼重灾区里的重灾区，寻找陪护捷径就更重要。

最简洁的陪护方式是花一个名牌包的钱买一个宋、金或元代的茶盏。记住，不要买元以后的，逼格不够。老窑瓷器最近两年价格飞涨，但是省下一个限量版名牌包的钱，还是能买一个品相明媚、兔毫曼妙的建窑茶盏。这种盏被史上第一文艺帝宋徽宗赵佶评为天下第一，蔡襄才有不到十个。省下一个普通款名牌包的价钱，还是能买到一个金代或者元代的钧窑手把杯，蓝中带青带紫带红，如湖水、天空、月亮。陪他参加茶会，你自带老窑茶盏，往茶席上一放，一句话不用说，默默喝茶，默默用眼睛余光看着他就好。

四、古物

与古董收藏相比，那些号称爱上"毁终身"的单反相机和高保真音响太小儿科了。爱上古董收藏是一条骨灰级装逼的不归路。有人用几个亿拍了一个画着一只鸡的缸子，你看一眼他用这个缸子喝茶的照片就会意识到，这个古董收藏的黑暗森林太黑暗了。

不要试图启动你的学霸模式，妄图看尽古董书，光讲古玉的主流参考书不花两万元买不全。特别不要和他说的一句话是："你怎么知道这个花瓶是南宋的？"最简单的陪护话术是："我不喜欢乾隆趣味。那些乾隆趣味的东西，亲爱的，不要碰了好不好？"

如果他再让你多说几句，你就说，中国古美术的高峰有两个，一个是商周前的古玉，通常是祭祀和占卜用，最传统的工艺和神最接近；另一个是宋、金、元时期的古瓷，是最闷骚的、最文人气质的"笔补造化天无功"。如果他再让你多说几句，你不要再说了，拉他去国博、首博、上博，让他自己用眼睛看。

五、言语

装逼最简单、最省钱的方式是唠叨。男生如果进入这种装逼模式，受害最大的是他身边的你。他在外边可能装酷装到高仓健，在你身边就变成了郭德纲，而且很可能是无趣版郭德纲。在被唠叨死之前，你可以做的是，劝他开个自媒体，用免费软件把他的唠叨转成文字，让他整理整理发表到自己的公众号上，他生日时，精选他公众号上的装逼文章，给他印一本他自己的书。

六、读书

男生开始用书架把住处的各处白墙都填满的那一天，他开始要读书装逼了。不要和他比读书多少，只要集中看看书评、看看文学作品改编的影视作品就好了，会省很多时间。重要的是隔一两个月提醒他一句："尽管你的青春渐渐逝去，尽管你的皮肤渐渐皱起，尽管你的勃起渐渐平息，但是你的气质真是越来越好了。难道这就是古书上说的中年男人的'腹有诗书气自华'？"

无所畏 29

七、情怀

在男生的一生里，有些瞬间自信心爆棚，会问你，如果他要改变世界，你会不会跟他一起闯天下。不要和他争辩凭什么改变世界的那个男人是他，只要不抵押房子和车，他爱干吗就干吗吧，爱怎么折腾这个世界就怎么折腾吧。

放心吧，最可能的情况是，他什么都改变不了。

八、喝酒

他如果喜欢喝一口，喜欢喝的还是葡萄酒，喝水的时候都晃悠杯子并且闻香，你的陪护方式就非常简单，一个月一次，和他说："我想和你喝一杯酒。"如果他还装，就补刀一句，哪怕是三十块钱的酒，"我喝到了蝴蝶舞动翅膀的味道"。

九、养生

如果他爱上钻研中医，经常看电视上的养生节目，经常给你各种饮食起居的建议，你遇上非常难缠的装逼模式了，要尽快控制破坏范围。

可惜的是，有效的方式并不多，可以试试多转一些"中药生长环境被重金属污染""中医攻克肿瘤的骗术又一次被揭穿"等文章给他看。

十、修佛

如果他开始拨佛珠、挂佛像、参加灵修班,他开启了最没救的装逼模式。最简单的陪护方式就是,看不惯他的时候,就默念唵嘛呢叭咪吽,如果实在看不惯,就念出声:唵嘛呢叭咪吽!唵嘛呢叭咪吽!唵嘛呢叭咪吽!

说了这么多,如果有爱的时候,可以给他唱《满江红》,可以目送他去偷欢,甚至可以唱着《满江红》目送他去偷欢。如果爱不在了,那就不用管上面说的一切了,让他找别的姑娘陪他装逼陪他飞吧。

唵嘛呢叭咪吽!

不着急
不害怕
不要脸

九字真言

似乎在很小的时候,我就观察到,人生在世,需要句座右铭。几个词,一个句子,戳在心里,抄在笔记本的首页、电子邮件的签名档、微信的个性签名,写成毛笔字挂在墙上,找块青田石刻成闲章。这几个词的作用类似黑暗中远处的一盏灯、走不稳时的一根拐杖、大你十来岁似乎通晓世事的一个老流氓,不一定真的有用,但是有,心里踏实些。在我们的中学班上,有座右铭的比例不低于一半。座右铭又有了一个新的作用:判断一个人是不是傻逼。比如,我们班上一个很帅的男生,他的座右铭是:"没有哭过长夜的人不足以语人生。"我们都知道那是他爱哭的借口,他看《花仙子》哭,看《排球女将》哭,看国安足球赛哭。不仅独自哭,在这个座右铭的指导下,他还常常找女生哭,一边一起看电视剧或者国安足球赛一边哭,激发女生的母性,往往非常管用,没哭完长夜就被女生揽进了怀里。

我忘记了自己有过多少句座右铭。一句比较管用的是曾国藩的:"大处着眼,小处着手;群居守口,独居守心。"这句指导我在麦肯锡做了九年的战略规划，没出什么大差错。另一句比较管用的是孙中山的："夫天下之事，其不如人意者固十常八九，总在能坚忍耐烦、劳怨不避，乃能期于有成。"这句指导我在创建华润医疗的三年里，忍了很多不可忍，吃了很多在想象中吃不了的苦。曾国藩和孙中山的这两句话，我求好朋友比目鱼写成毛笔字，挂在了墙上。比目鱼常年临帖，最大的特点是学谁像谁，这两幅字，他分别仿曾国藩和孙中山，落款也分别是曾国藩和孙中山。

还有一句让我受益匪浅的座右铭来自我老妈，因为不雅，我没求比目鱼写毛笔字："一个男的，生下来就带个小鸡鸡，只能自己奔命去。"我至今没理解这句话的内在逻辑，为什么有个鸡鸡和没个鸡鸡就有很多不同？但是从我能听懂人话起，我老妈就唠叨这句，我听多了就当成了真理。这句话告诉我，男生要独立，要挣钱，要自求多福、好自为之。

在我四十岁前后，我渐渐感到，这些催人努力做事、拼命牛逼的座右铭有副作用，而且副作用越来越强。我们这些人，从识字开始，就被社会和父母逼着做好学生，任何一门功课似乎考不到满分都是某种或大或小的耻辱。上了协和医学院，老教授反复强调，我们的校训是"如临深渊、如履薄冰"，一个看似普

摄影 / 吕海强

通的感冒都能致命,时刻记住我们的医院是最好的医院、我们是最好的医生、我们是病人在死神面前的最后一道防线。我的第一份工作是麦肯锡。麦肯锡的司训是"Our mission is to help our clients make distinctive, lasting, and substantial improvements in their performance and to build a great firm that attracts, develops, excites, and retains exceptional people",简单翻译就是"成就牛逼公司,练就牛逼顾问"。我没想到我一干就干了小十年,也没想到干得相对顺手。我问我的大客户:"为什么找我?"他说:"尽管你和你的团队很贵,但是我把问题交给你之后,在这个问题上我就不用操心了,你比我着急,你比我上心。"

小二十年下来,"认真负责、尽心尽力"的状态被那些催人奋进的座右铭狠狠地碾进血液和骨髓里,工作的确是做好了,心性却变得艰涩生硬。长期睡眠不足,睡个懒觉就会做梦,十次做梦两次梦见临深渊、两次梦见履薄冰、五次梦见画了一棵巨大的议题树帮着客户厘清问题的核心所在,剩下一次是梦见高考,一路赶到考场,没带准考证。"自滴阶前大梧叶,干君何事动哀吟?"天天临深履薄,这辈子好惨,而且睡眠毁了、人毁了,也就什么都没了。我不想这样一辈子,我不想总梦见那些提心吊胆的事儿,我还想梦见我以前那些美丽的女朋友以及那些被梨花照过的时

摄影 / 吕海强

光,我提笔在笔记本的扉页上,郑重地写下了我的九字真言:"不着急,不害怕,不要脸。"

"不着急"说的是对时间的态度。一个人做完该做的努力之后,就该放下,手里放下,心里放下,等。有耐心,有定力,给自己足够的时间,给周围人足够的时间,给事物的发生和发展足够的时间,仿佛播了种、浇了水、施了肥,给种子一些时间,给空气、阳光和四季一些时间,给萌发的过程一些时间,你会看到明黄嫩绿的芽儿。有时候,关切是不问;有时候,不做比做什么都强。

"不害怕"说的是对结果的态度。充分努力之后,足够耐心之后,结果往往是好的。在好消息来临之前,担心结果好不好一定是无用功。我习惯性地给自己和团队打气,"尽人力,知天命。我的经验是,我们尽了人力,天命就在我们这一边",实际情况也往往如此。即使结果不好,那也并不意味着就到了穷途末路,人生可以依旧豪迈,只要人在,我们就可以从头再来。细想想,历史上哪个真牛逼的人物不是多次败得找不到北?只要不害怕,能总结得失,能提起勇气再来一次,就不是真正的失败。

"不要脸"说的是对他评的态度。九字真言里,这三个字最难做到,做不到的破坏力也最大。心理学研究表明,自责、后悔、羞愧是负能量等级最高的情绪，"只要想起一生中后悔的事，梅花便落满了南山"。我安慰自己的话术是："我已经尽力了，还要我怎样？我还能怎样？咬我啊，咬我啊。"佛法中的四圣谛也早早就说明了：诸事无常，无常是常。一个结果是由太多因素决定的，好些因素是你不知道的，更是你控制不了的，"花开满树红，花落万枝空。唯余一朵在，明日定随风"。

"是非审之于己，毁誉听之于人，得失安之于数。"

总结这九字真言，一个人尽力之后，要勇敢地对自己、对他人、对宇宙说："我有足够的耐心和定力，面对任何结果和舆论。"

如果耐心和定力不够，就闭上眼睛，伸出双手，大声喊九遍九字真言，让宇宙听见你的声音："不着急，不害怕，不要脸。"

成功十要素

我痛恨成功学。

首先,在我的世界观里,"成功"比"爱情"更难定义,或者我定义中的"成功"和社会普遍定义的"成功"相差太远。我认识一个老哥,他一辈子唯一做过的正式工作就是当他爸爸的秘书,这个正式工作维持了不到半年,他爸爸就去世了。之后,这个老哥成功地在北京无所事事三十年,直到今天。在无所事事的三十年中,他喝酒,他晃荡,他写了两本简单的书:一本叫《玉器时代》,填补了中国文化期黄河流域玉器研究的空白;另一本叫《宋金元茶盏》,填补了中国老窑茶盏研究的空白。我定义的成功是内心恬静地用好自己这块材料,或有用或无用,本一不二。我觉得,作为一个人,他很成功。

其次,在我的认知里,我不认为成功可以学。人可以学开刀,人可以学乞讨,人可以学算命,但是人没法学习如何成功。所谓世俗定义的成功涉及太多因素,成功不可复制。

二〇一五年秋天,我连续在北京大学、浙江大学、武汉大学做了三场演讲。同学们除了关心我是如何成为一个情色作家（更准确的定义是科学爱情作家）之外，似乎更关心传说中的我在北京后海边上的院子、我在作家富豪榜上的排名、我创立国内最大医疗集团的事功。换言之，同学们还是更关心世俗定义的成功。无奈之下，职业病发作之下，勉为其难，我还是用了中国古人提供的框架，用咨询公司训练出的总结归纳能力，和同学们讲了讲我认为取得世俗成功的十大要素：

一命二运三风水，四积阴德五读书，六名七相八敬神，九交贵人十养生。

一命。我的定义，命是DNA。从生物学的角度来看，人生来就没有平等过。在很大程度上，人的智商、情商、身体机能在出生的时候已经决定了，后天努力有用，但是先天先于后天、先天大于后天。夸张点说，猪八戒再勤奋也变不成孙悟空，孙悟空再修行也变不成唐僧。

二运。我的定义，运是时机（timing）。白起、吴起等名将如果生在太平世，开个养鸡场或者寿司料理店，每天杀杀鸡、宰宰鱼。柳永、李贺如果生在战时，当个没出息的列兵，在开小差的路上被抓回来。

三风水。我的定义,风水是位置。人二十岁之前如果在一个地方待过十年以上,这个地方就是他永远的故乡。胃、味蕾、美感、表情、口音等已经被这个地方界定,之后很难改变。余华如果生在北京,写不出阴湿暗冷的《在细雨中呼喊》。在北京,除了卖货,没人呼喊,街道这么宽,故宫这么大,没人内心憋屈到跑到雨里呼喊。冯唐如果生在浙东,写不出《十八岁给我一个姑娘》,如果憋不住还是要写,可能写出一本《十八岁给我一个寡妇》。

四积阴德。我的定义,阴德是不做损人又不利己的事情。我能理解损己利人,我也能理解损人利己,但我不理解损人不利己。细细思量,人做损人不利己的事,必然是控制不了自己的心魔。让心魔控制自己时间长了,很难成事儿。

五读书。天分好要读书,天分不好更要读书。现在,还有多少人每天看书的时间多过看手机的时间?

六名。我的定义,名是名声,要成功的关键是名实相符。人可以欺骗一个人一辈子,可以欺骗天下人一时,但是人很难欺骗天下人一辈子。心碎要趁早,出名要趁晚。名出早了,名大于实,名声之下,整天端着,会累死人。

七相。自古以来,人类的世界是个看脸的世界。相有三个组成成分：长相、身材、精神面貌。长得好的人，的确占便宜。面对一张姣好的如瓷如玉如芙蓉的脸，尽管知道可能整过形、微整过容、有化妆品的功劳、皮肉之下都是骷髅，人类还是难免邪念袅袅、心存怜惜。即使没有一张好脸，至少要保持一个好身材；即使不能保持好身材，至少要保持体重。再差再差，脸也没有、屁股也没有、胸也没有，至少要保持精神面貌，每天早上面对世界微笑，遇上杨贵妃，能像安禄山一样跳起胡旋舞。

八敬神。我敬的神，不是如今到处可见的金佛，是头上的星空和心里真实的人性、兽性。设定好自己的底线，不要因为方便、因为人不知而突破自己的底线。

九交贵人。我的定义，贵人不是有钱人、有权人，不是帮你遇事平事儿的人，而是在暗夜海洋里点亮方向的灯塔一样的人，是腿摔断了之后的拐杖一样的人，是非常不开心时候的酒一样的人，是渴了很久之后的水一样的人。

十养生。从一到九，都做到，如果没有好身体，也是空。养生不是信中医，不是吃斋念佛，是起居有度、饮食有节，是该睡觉的时候能倒头就睡着。

最后的最后，即使有了世俗的成功，也要意识到，它和幸福没有什么必然的联系，人坐在雷克萨斯里也不保证不想哭。

> 多使用肉体
> 多去掉喜与伤心

不怕压力不生癌

我学医的时候,主攻妇科肿瘤。毕业论文主要涉及卵巢癌肿瘤发生学中的信号传递系统,题目又长又冷:《表皮生长因子和受体与 c-myc 基因在卵巢上皮癌中的表达及其与癌细胞凋亡的关系》,发表在一九九八年某期的《中华医学杂志》上。在论文发表之前,我就下定决心改行。第一是因为卵巢癌的治愈率太低,作为一个热爱妇女的金牛座,近距离长期面对姐姐妹妹们大面积死亡,受不了。第二是因为写论文时我就断定,穷尽一生我也搞不明白这个信号传递系统,即使是提出了很好的假设,也没时间证明;即使是证明了,也没时间搞出副作用可控的调控方案,彻底打败癌症。生命太复杂,设计者太狡猾,生死纠缠,一塌糊涂。在写论文的间隙,偶尔从实验室的窗户仰望夜空,我高度怀疑我们人类也是某个型号某个批次的机器人,代号 2B290。

尽管不做肿瘤很多年,打电话找我最多的事儿还是和肿瘤相关:我是不是得癌了?得了怎么办?能不能治好?怎么算好?还能活多长?能不能找个好医生?能尽快安排手术吗?住院能否有个单间？近年的趋势是，得癌症的人越来越多，得癌症的年纪越来越小。

如果笼统排序，得癌症的第一相关因素是基因遗传，在基因上，众生从来没有平等过，有些人就是比另外一些人更容易得某种癌症。第二相关因素就是压力过大，大过自己身心能够消化的能力。从这个角度来看，身病往往是心病。以我个人有限的接触癌症的经历总结，似乎越是传统意义上的"好人"越是容易生癌。这些人往往脾气很好，性格内向，照顾周围，万事替别人考虑，总是在乎别人眼里的自己，总是担心一些可能发生的小概率负面事件。

压力过大的原因很多。首先，我们基因编码里就有足够多的压力感受器。很久以来，我们人类生下来就和其他禽兽一样面对一个充满敌意的世界，似乎无时无刻不在面对被吃、被干、被落下的风险。其次，有些人天生压力大，一出生脑袋上就顶着一座大山，比如生来就是谁谁谁的儿子或者女儿，比如生来就比常人敏感很多倍。我如今年到不惑，每次面试几个小朋友还会在心里紧张一阵，想了又想：问点啥问题啊？另外，就是后天境遇。所谓一直"成功"的人反而更容易压力过大。

举我自己的例子说明。我小时候会考试，中学每次考试没让别人拿过第一。每次期中、期末考试完,老师都会召开家长会,都会当众公布学生成绩,从第一名开始一直念到最后一名。后来,我老妈跟我说,她人生最大的满足,没有之一,就是每次听老师第一个念完我的名字和分数,起身,开教室门,驱动她魁梧的身躯在众目睽睽之下扬长而去。我整个少年时代,考试前总是做噩梦,梦见坐在考场,钢笔写不出水、圆珠笔写不出水、铅笔没铅芯。少年时代过去之后,遇上一些关键节点,还是老梦见考试,还是没笔可用。只有一次,继续多睡了一阵,梦见考了倒数第一。老师开始念成绩,我老妈一直待到教室里空无一人才驱动她魁梧的身躯黯然离去。我在梦里乐出了声儿。

对于基因,至今没什么特别合适的好办法。对于压力,倒是有些管用的小窍门。在我过去三十年驱赶噩梦和压力的战斗中,以下十个窍门,尽管普通,但是好用:

第一,**做好本职工作**。于事我已经尽人力,接下来我只能听天命。

第二,**理解领导期望**。很多时候,人不是被领导逼死的,而是被自己逼死的。不要每次都给自己近乎苛刻的要求。鸡蛋煎不圆,世界继续转。

第三,**漠视无关噪声**。一些无关的人说些有的没的,不要往

摄影 / 吕海强

耳朵里去,更不要往心里去。遇到这些无关的人,认真问两个问题:关你屁事?关我屁事?

第四,行程排满。进入办公室后,马上进入工作状态,时间按十五分钟间隔切割,会连会,事连事,人连人,不给自己焦虑的时间。

第五,定时清空。总是会连会,会死人的。清空的有效方式,比如,周五铁定不见人、不安排会,自己关起门来做一些计划性的工作,想一些需要沉静下来才能想透的问题,写几页非常难写的文章。比如,睡前一个小时之内不看手机,看纸质书入睡。

第六,转移注意力。用体力运动代替脑力运动,让大脑彻底休息,跑十公里、游两公里泳、谈一顿饭的恋爱、看半个小时东瀛成人动作片。

第七,做有治愈能力的事儿。和小孩儿说话,陪老妈骂其他兄弟姐妹,背诵诗歌,写耽美小说,和老朋友喝大酒,"事大如天醉亦休"。

第八,知限。从心底认识到,一个人能控制的范围是有限的,你控制不了的永远大于你能控制的。无常是常,世界不会永远不出你所料。

第九,悟空。不要等死后、病后才知万事空,在死前、病前,多去去墓地、三级医院 ICU、古战场，多读读《资治通鉴》，特别是涉及改朝换代、钩心斗角，最后却没一个有好果子吃的那些篇章。

第十，排除生理疾患。 在使用上述九种诀窍之前，每年彻查心脏机能，确保心脏能吃苦耐劳，自己感到的压力真的不是心肌缺血，然后再去应用上述九项调心大法。

如果觉得以上十条太麻烦，那就每天默念百遍压力管理的九字真言："不着急，不害怕，不要脸。"

未来已来，君子不器

"这是最好的时代，这是最坏的时代；这是智慧的时代，这是愚蠢的时代；这是信仰的时期，这是怀疑的时期；这是光明的季节，这是黑暗的季节；这是希望之春，这是失望之冬；人们面前有着各样事物，人们面前一无所有；人们正在直登天堂，人们正在直下地狱。"

这是我们的现在。

这是最好的时代。手机的运算能力已经超过十年前的高端PC。一部手机在手，如果你想，你可以像汉代董仲舒一样三个月不窥园，天天外卖美食不重复，天天都穿网购的新衣服。如果你想，你可以出门，共享汽车、共享单车、共享充电宝、共享雨伞、共享老妈、共享男女朋友，用手机上的 App 找附近你想一起坐坐的陌生人。如果你想，你可以三个月不和一个人面对面说话、不打一个电话而不孤单，打开电脑你可以接入无穷尽的图书、音频和视频，够你消磨掉今生、来生和无穷无尽生，你可以不交任何女友，不去费力气了解她们的爱好和"三观"，一个巨大的硬盘

和一套好的 VR 或者你的手可以在十分钟内带你飞到高潮。如果你想，你可以在一周内去七大洲各跑一个马拉松，你可以在三年之内做出自己品牌的手机而且卖出一百万台，你可以在一年之内仅仅靠爱说爱喷名满天下。如果你有钱、肯花，你可以六十岁看着像三四十岁，即使得了癌症，也可能撑到一个又一个新药上市，活到一百岁，甚至永生。

这是最坏的时代。"深蓝"战胜了人类的国际象棋冠军，"AlphaGo"战胜了人类的围棋冠军，机器大面积替代了体力劳动者和初级技术工人。算法比你更懂你，你在新闻客户端不小心点击了某一个大胸影星，之后刷出的十条消息都和影星相关，这些影星共同的特点是胸大。媒体一味迎合你独特的趣味，你想别人教育教育你，你都找不到这个"别人"。算法统治，得脑残的电影得票房，得草根的候选人得天下。手机上似乎有无穷无尽的吸引力，从早到晚，你一直盯着一块 Retina 屏幕，你似乎忘了盯着一双漂亮的黑眼睛而内心肿胀、下体勃起是多么遥远的从前了。你的手一刷再刷那个手机屏幕，直到你累得睁不开眼睛，你终于睡了，但是你睡得并不安稳，你似乎忘了上次背着晚唐诗歌入睡是多少年前的事情了。毕业后在大城市工作，你即使进了顶尖的投行、咨询公司或是大型跨国企业，在可预见的将来，你也买不起房子。女生把自己整修得越来越像孪生姐妹，男生把自己禅修得越来越无聊。菜越来越没有菜味儿，肉越来越没有肉味儿，街上早就没有野花可以摘了，街上早就没有板砖可以拍了，高密度全天候的摄像头记录着你和罪犯们的一举一动。到二〇二五年的时候，女性和机器人做爱的次数将首次超越男人，就繁衍人类而言，IVF 技术的进步让绝大多数男人没了任何存在的理由。

未来已来，如何面对？

第一，不要害怕。AlphaGo 们能干的让 AlphaGo 们去干吧，就像三十年前，我们让洗衣机去代替我们洗衣服，让计算器代替我们做多位数加减乘除一样。

第二，爱就做。如果有人喜欢做 AlphaGo 们擅长做的事，就让他们去做吧，不用拦着他们，就像跑车已经每小时三百公里了，也不用拦着那些试图两个小时跑完四十二点五公里的人。

第三，尽快学会如何消磨时光。如果一觉醒来，绝大多数人都不需要上班工作了，这绝大多数人中的绝大多数人如何保证不疯掉？尽快培养一点冷僻的爱好，一个能帮你杀掉大量时间的爱好，一个能帮你找到少数同类的爱好，比如：甲骨文、毛笔字、宋代茶盏、游山玩水住小旅店。

在可预见的未来，在有些方面，人工智能看起来却像是人工智障，人类还是有巨大的可能保有自己的尊严。释放你的兽性，适度锻炼，偶尔竞技，尽量找机会大面积地用皮肤接触其他人。体味你的人性，贪嗔痴慢疑，一念未尽数念又起，先别急着调动你的修行去安禅制毒龙，让妄念飘一阵，机器没有妄念，机器不懂"十八岁时给我一个姑娘"的狂喜，机器不懂二十九岁时隔壁寡妇再嫁的伤心。挖掘你的神性，多多创造，诗歌、小说、影视、商业模式。

君子不器，我们不必像机器一样有用，我们不要像机器一样局限，我们不需明确的目的，我们有无限的可能。面对我们阻止不了的时代变化，多使用肉体，多去狂喜与伤心，多去创造，活出更多人样儿。

给我写首情诗好吗

我生在二十世纪七十年代初。我们小时候,物质生活贫乏,众生看上去似乎平等,吃的一样、穿的一样、住的一样,骑自行车或者挤公交车。如果一个人想装逼,要有非常强大的创造力。创造力不足的装逼犯通常采取以下三类做法:第一种,哪部电影红了,就模仿电影里主角的经典表情和经典台词。因为物质贫乏,主角的衣服、发型、身材、容貌非常难以模仿,模仿经典表情和经典台词就是捷径。《追捕》红了之后,我哥开始模仿杜丘,噘着嘴、少言语,很多年。《追捕》红过了,我哥想换个表情,发现不会笑了,越使劲越觉得不对劲儿,直到现在。第二种,读普通人不会碰的书籍。我的一个高中同学很早就决定献身电影艺术,从高一开始就捧着一本叔本华的《论意志和表象的世界》,别人问他这书说的是啥,他总是回答一句,"世界是我的意志,世界是我的表象";再追问,他最多加一句,"人生有如钟摆,摆动在痛苦与倦怠之间"。这本书从来不离他左右,做早操的时候也带着,把书放在两腿之间的地面上,做跳跃动作,从他后面看,一不小心似乎真能飞上天。第三种，比上面两种简单很多，所以更多人采用，就是找个相对美丽的本子，摘抄很多名人名言，口读心诵，看准合适的场合转出一句，比如"知我者谓我心忧，不知我者谓我何求"，比如"没有哭过长夜的人不足以语人生"，很多不可能错的废话，很多模棱两可的屁话，但是不妨碍装逼好使。第三种方式我也用过一阵，清楚地记得其中一句是"你最大的敌人是你自己"。

从识字开始，我就思考人生、世界和人类，越琢磨，越觉得人类作为一个整体真是个怪咖。看文学书，看史书，看到人性无尽的恶、无尽的不改悔、无尽的无奈，觉得人类真是无可救药。看自然科学书，看窗外被人类改变了很多的世界，又觉得人类真是神奇、真是太能干了，能造出某些方面比自己强太多的机器。不知道为什么，每每想到人类的无可救药和神奇能干，每每隐隐地觉得似乎哪里不对。人类改变不了人性中的恶，创造完成后保护，保护不住后破坏，破坏后再创造，永陷轮回。人类太神奇能干了，造出的机器越来越强，总有一天，人类会失去对机器的控制，甚至被机器控制。从这个意义上来看，装逼名言本说得是对的，"你最大的敌人是你自己"，人类最大的敌人是人类自己。

过去四十年，我眼睁睁见证人类造出的机器越来越强悍，进步速度越来越快,人类的优势越来越少,甚至已经有了失控的迹象。

一九九七年以前,是第一阶段。在这个漫长的阶段,人类制造机器,机器替人做苦工,做人不愿意做的东西,做人在体力上做不到的东西,比如汽车、飞机、火车,比如吊车、卫星、洗衣机,比如计算器、打印机、电话。坐了这么多次飞机,每次再坐,我还是惊诧于一个这么大的铁家伙能快速移动在这么稀薄的空气里。见惯了这么多高楼大厦,每次到了五十层以上,我还是惊诧于人类怎么做到让这么高的大家伙在风雨地震中不塌。用过至少二十部手机了,但每次开完电话会,我还是惊诧于这些声音在虚空中是如何传递的——没多久之前,人类还是靠信鸽和骑马的信使传递一个个远距离信息。

一九九七年,人工智能第一次打败国际象棋的顶尖人类棋手。从那之后,进入第二阶段:人类制造的机器开始玩人类智力的游戏,一步步拉近甚至在某些方面甩开人类智力的水平。二〇〇六年,国际象棋人类顶尖棋手最后一次战胜人工智能,之后,在国际象棋领域,机器就再也没输过。这种追赶速度明显在加快,甚至在一些过去认为不可能突破的领域开始突破。十年之后,二〇一六年一月,谷歌研发的围棋人工智能 AlphaGo,不让子,完胜欧洲冠军、职业围棋二段樊麾,创造了人工智能第一次在公平比赛中战胜人类职业围棋棋手的历史。

围棋计算是个极其复杂的问题,比国际象棋要困难得多。围绕围棋的创始有不少传说,但是公认的是,围棋是用最简洁的形式模拟最复杂的宇宙,可以让任何人在有生之年耗尽他的全部智力。围棋最大有 3^{361} 种局面,大致的计算体量是 10^{170};国际象棋最大只有 2^{155} 种局面,大致计算体量是 10^{47};而已经观测到的宇宙中,原子的数量是 10^{80}。

AlphaGo 的可怕不在于它的计算速度,而是它类似人类的思考方式和学习能力。它的核心是两种不同的深度神经网络:策略网络(policy network)和价值网络(value network)。这两个网络配合,"挑选"出那些比较靠谱的棋步,抛弃明显的差棋,从而将计算量控制在合理的范围内,这在本质上和人类棋手的大脑所做的一样。这种人工智能必将应用到其他领域,很多人类工作会被机器代替,甚至包括一些传统的创造领域和智慧领域,比如剧本写作、经理人招聘、疾病诊断等。

再下一个阶段,可能就是人类制造的机器能够理解人类感情,情商上击败人类,写出的诗歌秒杀人类历史上最杰出诗人的作品。看过去机器发展的加速度,不管我乐意不乐意,或许在有生之年,我可以见证"机器李白"的降临，我这一辈子可以简单总结为一步步被机器打败的一辈子、一步步被机器羞辱的一辈子。

二〇五〇年的一天，你早上醒来，心情一般，你对你的手机说："亲爱的，给我写首情诗好吗？越虐心越好。"

中国人为什么不爱排队

我一直有个疑问,中国人为什么不爱排队?

艾青诗云:"为什么我的眼里常含泪水?因为我对这土地爱得深沉!"因为工作,间或去欧洲、美国、日本到处跑,尽管我知道不可能把所有的好都集中在我深爱的中国,但还是难免比较我深爱的中国和这些所谓发达国家之间的异同和优劣。

二十年前,我和周围人总有的疑问是:我们什么时候能够灯红酒绿、高楼大厦、汽车飞机,有万恶的腐朽的资本主义的样子啊?很快,我们 GDP 的增速世界第一了;很快,我们 GDP 的总量超越日本成为世界第二了;很快,我们在盘算我们退休之前 GDP 就会世界第一了;很快,我们大城市的房价超越纽约和湾区了;很快,我们从"好想、好想在美国挣钱在中国花"变为"好想、好想在中国挣钱在美国花"了。

最近,悲观情绪开始蔓延,我听到了另外一些疑问:"第一,什么时候全球的精英会把孩子送到中国留学,而不是像今天都把他们的孩子送到欧美留学?第二,什么时候全球的年轻人会最喜欢中国的电影、文化、书籍,而不是像今天他们最喜欢的是欧美的电影、文化、书籍?第三,什么时候全球的消费者在选择产品的时候,会首选中国的品牌?"

悲观的人说,我们活着等不到这三个问题都说"Yes"的时候了。其实,我自己倒没有这么悲观。第一个问题会很快回答"Yes"。且不说汉赋、唐诗、宋词、元曲,现在中国经济总量已经这么大,增速还是相对这么快,好多领域的海还是这么蓝,全世界最聪明的父母一定会让孩子尽快学中文,一定找机会去中国的台北、香港、上海、北京看看、待待。第三个问题的"Yes"也在慢慢实现。二〇一六年去美国湾区和洛杉矶,发现外国人用微信很普遍;二〇一六年去中国香港,发现机场在卖大疆的无人机;二〇一六年在上海,发现华为的手机第一个用了Leica的镜头。第二个问题回答"Yes"的时间有可能最漫长。其实,创造性天才的出现从基因角度算也是一个概率问题,中国十三亿人口,创造性天才也会依照概率在这十三亿人里出现。所以,问题不是能不能的问题,而是让不让的问题。

我的悲观之处反而是在一些极小的细节上面,突出的代表就是排队。我悲观地认为,我有生之年很可能看不到中国人能够守守规矩、好好排队了。

因为每两三天就坐一次飞机,对于中国人不爱排队的最切肤体验,来自机场。

办登机手续。看头等舱、商务舱、白金卡、金卡柜台前排的人比经济舱的人一点不少,我排到了,问:前面都是"头等舱、商务舱、白金卡、金卡"的吗?答:不是,他们看到这个队短就自动过来了。问:为什么不让他们去经济舱排队?答:他们说他们去那边还要重新排队,队太长了。问:你觉得你这样纵容,他们能明白道理吗?答:我已经给你办完登机手续了,你再考问我,你的飞机就要飞走了,你还要继续考问我吗?

登机。看"头等舱、商务舱、白金卡、金卡"专用登机走道站着的人比另外走道的人一点也不少,我排到了,问:前面都是"头等舱、商务舱、白金卡、金卡"的吗?答:不是,他们看到两边都能登机就站到这里了。问:你为什么不让他们按规矩排队呢?答:你以为我有这么多闲工夫和他们口舌吗?你想被打,但是我不想被打。

下机。三次飞机落地,总有一次听到空姐声嘶力竭地喊:"飞机还未停稳,请客舱中站着的要冲出飞机的旅客回到原位坐下。不要打开行李箱。目的地没有地震、海啸,无须进入逃命模式。"

拿行李。有一次,需要带几瓶酒,不得不托运行李,下机后在行李传送带的出口等，想等到行李出来就马上拎走赶下一个会。一个妇女带了一个十三四岁的小孩儿，非常自然地站在了我前面。我四下张望，无人。我看着这个妇女非常自然的表情，怒从心头起，问：您为什么站在我前面？答：我的行李很快到了，出来得会比你的快。问：您为什么能确定这一点？答：就算行李不最早到，我带着小孩儿。问：看小孩儿骨相清奇，将来必然有一番大成就，您为什么不做个表率教教他如何排队？这时候，行李出来了，我的行李先出来。我默默地看了这个妇女一眼。这个妇女开始大叫：你好意思吗？中国的风气就是被你们这些坐商务舱的人搞坏的！为富不仁！为富不仁！为富不仁！

我陷入深深思考，中国人为什么不爱排队？

我自己的答案如下：第一，排队就很可能会失败，因为总有人不排队。第二，降维攻击才能成功（降维攻击定义：你有道德我没道德，你死，我活；你我都是人你还要做人我自降为禽兽，你死，我活），老实排队的一定输给不老实排队的。第三，唯成败论英雄，不讲真善美，我发财了、我升官了、我出名了、我过关了，不排队占了便宜、成功了就是真英雄。

一个国家，一方水土，其实和一个人一样。改进衣服和配饰等外在,很快;改进容貌和身材等肉身,慢些;改进行为、气质、"三观"等骨髓里的东西,遥遥无期。

环是爱
那是癌
那是如来

贰

爱情如何对抗时间

女人还是要自强:

不容易生病的身体、

够用的收入、

养心的爱好、

强大到浑蛋的小宇宙。

爱情如何对抗时间

我一直被时间困扰。

我越观察天地间的变化轮回,越对时间充满困惑。比如,人的生死。生的时候,闭眼、皱眉、蜷缩,毛发稀疏,不能行走,仿佛一个皮肤细嫩的老人;死的时候,闭眼、皱眉、蜷缩,毛发稀疏,不能行走,仿佛一个皮肤粗糙的婴儿。比如,天的四季。春生、夏长、秋收、冬藏,然后循环,似乎一切照旧,但是似乎一切又都不同了。

作为码字的人,我有码字人的骄傲,我认为好的文字能流传久远,超越现世的荣辱毁誉,在某种程度上战胜时间。有次我给两百个经理人讲战略规划,说到企业使命,不一定要做很大的事情,但是要做让世界变得更美好的事情。我问,大家都知道苏东坡,但是大家知道苏东坡什么?没人知道苏东坡的领导是宋什么宗,有个别人知道苏堤,更多人知道东坡肉,知道最多的是"明月几时有"。

我刚开始写作的时候年少轻狂,我立志,文字打败时间。

四十岁出头，出版了六部长篇小说之后，我发现，这个志向需要修正。首先，文字打败不了时间。汉字就是三千多年的历史，再过一些年，地球是否存在、人类是否存在都要打问号。再过一些年，或许宇宙这盆火也会最终熄灭，世界彻底安静下来，时间也瘫倒在空间里，仿佛一只死狗瘫倒在地板上。其次，字斟句酌，每部长篇小说都即将不朽，容易拧巴，有违天然，不如稍稍放松，只要在金线之上，让文字信马由缰，花开，花落。

作为一个写情色小说的前妇科大夫，我一直想知道，爱情到底是什么？从外生殖器看到内生殖器，从激素、体液学到神经，我一直试图明白爱情的生理基础。

爱情大概始于一些极其美妙的刹那。在刹那间，觉得她那双眼睛可以吸尽一切光亮，觉得她拢在耳边的头发一根根晶莹透明，觉得自己的手不由自主一定要伸向另外一个肉身，觉得自己的肉身一定要扑倒另外一个肉身，然后，就不管然后了。在刹那间，希望时间停止，甚至无疾而终，在刹那间，就此死去。

那是一些激素繁盛的一刹那：肾上腺素、多巴胺、强啡肽，如烟花、泡沫、闪电，刹那间绽放，刹那间凋亡。

幸或者不幸的是，人想死的时候很难死掉，梦幻泡影、闪电烟花之后，生活继续。爱情如何对抗那些璀璨一刹那之外的漫长时间?

　　一男一女,两个不同背景的普通人,能心平气和地长久相处,是人世间最大的奇迹。似乎悖论的是,如果想创造这种奇迹,让爱情能长久地对抗时间,第一要素还是要有那些爱情初始时候的浓烈的、璀璨的一刹那。

　　一刹那之后,哪怕这些一刹那都成了灰烬、成了记忆,还是爱情死灰复燃的最好基础。你曾经觉得她美若天仙,几年甚至多年以后,尽管你已经习以为常,偶尔,她洗完脸的一刹那,你还是觉得屋里似乎亮了很多;她的头发迎了天光的一刹那,你还是觉得仿佛珠玉璎珞;她转过身子的一刹那,你的肉身还是想去扑倒。初相见之后的爱情似乎属于体液流淌的世界:说不清的,不具体的,和触觉更相关而不是和嗅觉更相关的;弥漫的,笼罩的,和怀抱更相关而不是和两腿之间更相关的。

　　另外,在最初的爱情过后,为了让爱情对抗时间,需要调整调整心态,不求刻刻"停车坐爱枫林晚",但求岁岁"相看两不厌"。一些非自然、非生理的因素似乎开始起越来越重要的作用,比如"三观",比如美感,比如生活习惯。你爱古树,她爱跑车;你爱雍正,她爱乾隆;你爱开窗,她爱空调。这样的爱情,似乎很难对抗时间。

摄影 / 黎晓亮

找个好看的扑倒

有个大姐在饭桌上问我:"最近愁死了。唯一的女儿进入频繁恋爱期,找的男朋友无一例外都是帅哥,怎么办?"我问她:"你女儿找男朋友的标准是什么啊?"她说:"好看啊。你说,这可怎么办啊?"

这个大姐三十年前出来捞世界,凭着智商和人品打下了一片好大的天,如今除了要做点有意思的事儿和照顾好唯一的女儿之外,没什么其他念想。过去三十年,这个大姐经历过很多难事儿,世事越来越洞明,人事越来越练达,心里撒满了沙子,背后插满了刀,但是从来没说过"愁死了"。在女儿"好色"这件事儿上,她第一次犯了愁。

如果我顺着这个社会的现行"三观",我会和大姐一起发愁,怎么办啊,女儿如此不堪。但是长期以来,我一直以大尺度的时间和地域为轴,以文、理多学科为参照,调整完善我的"三观",出来的观点往往和现行"三观"相左。我和大姐聊:"大姐,你好好想想,还有比好看更重要的找男朋友的标准吗?我如果有个女儿，衣食不愁，我一定会劝她，找个赏心悦目的男朋友，其他都是附加条件。"

一切其他条件都不一定比好看更靠谱。

有钱？温饱之后，钱就是一个数字，和电子游戏中的分值类似；钱就是一些资源，让你能做成一些事儿，也能让你成为一些事儿的奴隶；钱就是一个心魔，让你感觉牛逼和安全，也让你觉得凄凉和恐惧。

有背景？背景就是爹是谁，妈是谁，爷爷是谁，奶奶是谁，姥爷是谁，姥姥是谁。首先，这些背景和这个男的没有直接关系；其次，这些背景也是"双刃剑"。你看他起高楼，你看他楼塌了。起高楼时，这个男的不一定能守得住底线；楼塌时，这个男的不一定能跑得了。

受过良好教育？这个稍稍靠谱点。但是学历高可能只是会考试，读书多和有智慧也不一定都是手牵手。还需要注意的是，看简历中教育那一项，一定要关注本科这一栏，硕士、博士以及海外经历里水分容易多。汉语博大精深，"毕业、肄业、博士后、访问学者、游学"，初相见也不好意思往死里做背景调查，不容易分辨是在伯克利拿了双博士学位还是只在校门口自拍了几张照片。

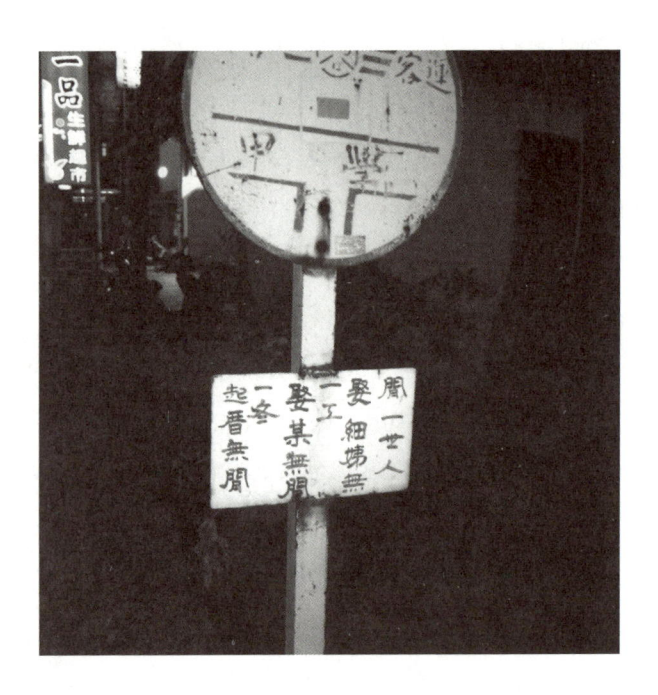

无所畏

我给大姐做的类比是财富五百强。尽管都二十一世纪了，尽管股灾都好些次了，评选财富五百强还是只用一个看似完全不完美的指标：销售额。

看似不靠谱的"好看"，其实有它坚实的生理基础。花无百日红，人无千日好，细分析，恋爱大致可分为三个阶段，挑三句诗来模糊定义。

第一个阶段，"须作一生拚，尽君今日欢（牛峤句）"。这个阶段是一见之后，想再看一眼、两眼、三眼，看了几眼之后，心动、心悸、心梗，呼吸加速、呼吸急速、呼吸暂停，僵硬、强直、湿润。这一阶段起主要作用的是肾上腺类激素，起效快、爆发强、持续短，"生存还是不生存"已经不是问题，"扑倒还是不扑倒"才是当下这一刹那的唯一问题。

第二个阶段，"在一起就一切都对，一切。不在一起就一切都不对，一切（冯唐句）"。这个阶段，不一定每时每刻要扑倒，但是每时每刻想见面。人分两类：是他和不是他。时间分两种：他在和他不在。是他，他在，就一切都好。不是他，他不在，就一切都不好。脑子里一个持续的指令是：腻在一起，腻在一起，腻在一起。这一阶段起主要作用的是多巴胺，起效不快不慢，持续不长不短，对于某个特定的男的，一两年也就过去了。

第三个阶段,"相见亦无事,别后常忆君(厉鹗句)"。这个阶段,不一定要时刻扑倒,也不一定要时刻在一起。尽管在一起也没什么紧急的事儿需要商量,也没有什么特别新鲜的事儿要分享,但是分开一段,总是想再见到他。他在,心里就踏实、放松、舒服、自在,随心所欲而不逾矩,仿佛一个极熟悉的环境,一个似乎普通的好天气。这个阶段起重要作用的是内啡肽,作用类似吗啡,起效慢,持续时间长,让你不再焦急、郁闷、无效忙碌。

恋爱的这三个阶段也相互影响,不能绝对分开。第一阶段初相见要扑倒的激动不会持续很长,却是第二阶段如胶似漆的基础。第二阶段如胶似漆的肉麻不会持续很长,但是尽管烧成灰烬,也是第三阶段相看两不厌的基础。

说了这么多,我也不知道大姐能记住多少,所以总结一点容易记得的给她:恋爱中幸福的捷径其实就是——

简简单单找个好看的扑倒。

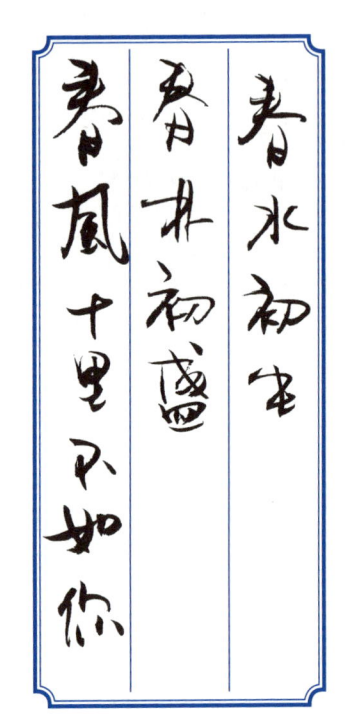

春水初生
春林初盛
春风十里不如你

自己穿暖，才是真暖

网络上时常出现些新词，我不认识的时候就去请教"八五后"甚至"九〇后"的小朋友们，不方便的时候，也用谷歌和百度。

最近听到一个不懂的词叫"暖男"，似乎很多妇女一听到这个词就眼眶湿润、内心肿胀、欲语还休。这个词不好发音，常常被误会为"卵男"。

百度百科的定义如下：暖男（Sunshine Boy），本意指的是像煦日阳光那样，能给人温暖感觉的男子。他们通常细致体贴、能顾家、会做饭，更重要的是能很好地理解和体恤别人的情感，长相多属于纤细干净的类型，打扮舒适得体，不会显得过于浮躁和浮夸。小清新强调外在形象，而同系列的暖男却更强调内在。同时也称顾家暖男，指那些顾家、爱家，懂得照顾老婆，爱护家人，能给家人和朋友温暖的阳光男人。

我问了几个男男女女，用更易懂的语言定义：智商、情商、能力、体力、外貌、资产，平平或者偏下，但是够闲、够贱、够耐心、够热爱琐事。

女人如水，再强的女人也有柔弱的时候，希望化成液体，肆意娇羞流淌，任意拧巴纠缠。

女人的柔弱，常常在愁中、恋中、病中。暖男的好处，也常常充分体现在她们的愁中、恋中、病中。

女人在愁中常常抱怨工作：老板不懂瞎指挥、骂你、总把资源投放到其他胸大的女人身上，同事嫉妒你又年轻又能干，下属不听话不吃苦。

暖男不会说：你老板骂得对，换了我也这么做。暖男也不会说：你先好好想想自己的不足，想想老板把资源投给别人除了她胸大还可能有其他什么原因，你应该这么这么做，你老板就不骂你了。

暖男会买一杯你喜欢的手磨滴漏咖啡和一块今天上午刚烤好的栗子蛋糕，到你办公室，一边看你吃蛋糕喝咖啡，一边说：你老板就是一个智商和情商都低的纯傻逼，你同事就是纯嫉妒，你下属就是纯烂。别烦了，我们下午去逛街买裙子，然后看电影，然后做 SPA，再找个黑暗料理，狂吃一顿。

女人在恋中常常抱怨恋人：也不是国家总理，忙得好几天没见人了，电话也短到三句话不到（见面之后倒是电话不断），一天也不说句"我爱你"，也不看我新做的头发。

暖男不会说：从前十个月的数据来看，今年中国 GDP 增长很可能保不住 7.5% 了。雾霾这么重，房子谁还买？你男友做生意一定面对更多的困难和压力，你应该多理解、多鼓励他。暖男也不会说：过两天你男友就回来了，这两天你烦了就去三里屯找个酒吧喝两杯霞多丽干白。

暖男会让你的电话响起，然后说"你开门，我就在门外"，捧着大束的百合花、香槟、蔬菜和肉，说：我给你做顿饭吧，百叶结烧肉、蓝鳍金枪鱼鱼腩刺身、清炒大豆苗，吃完饭，一起在网上看两集《非诚勿扰》。

女人在病中常常担心身体：上次手术把子宫肌瘤去了，下腹似乎总是隐隐不适，是不是又复发了？会不会癌变？为什么不幸的人总是我？

暖男不会说：子宫肌瘤是非常常见的妇科疾病，你心病远远大于身病，警醒吧！你这样下去很容易被自己和医生鼓动，过度医疗的！暖男也不会说：再去医院复诊一下，这样心里踏实些。

暖男会给你寄一个包裹，里面有：半打内衣，添加纯中药和有机芳香植物提取物，有效防止子宫肌瘤复发；一本关于身心灵修炼的书，外国资深修女或者台湾精致妇女写的；一个 32G 闪存盘，装满最新的韩剧和美剧。

我要是女人,我想我也会在某些瞬间爱上这些暖男,被这温柔一刀砍倒。但是,剥开这层温暖,就是明显的问题。这是病,这得治。

如果把暖男当成最亲近的男性朋友,他们成事不足,败事有余。他们总是安慰,但是很少缓解,从不治愈。他们长期的作用往往是把你坠得越来越低,让你成为更差的你。听一个女性朋友说,曾经有个暖男痴迷她,尽量陪伴。一次电视台采访她,他也在,她把相机给他,让他随便照点花絮。两个小时之后,采访结束,她看到相机里一张照片也没有,问他怎么回事儿。他说:"你实在太美了,只下意识地痴看,完全忘了照相。"这个女性朋友说:"当时,我用尽了全部教养,才没一个大嘴巴抽他。"

如果把暖男当成以结婚为目的的男朋友,你在结婚之后很可能就会发现,这个暖男其实是猥琐男变的。在你成为稀松家常之后,暖男不够闲了,看东瀛 AV 多过看你了;也不够贱了,脾气一天天大了起来;也不够耐心了,常常反问你有问题为什么不自己去谷歌或者百度;也不够热爱琐事了,买菜也要和你分单双日了。

两个性别不同、成长背景不同、教育背景不同的男女个体,"三观"接近的概率很低,以反自然、反禽兽的婚姻形式长期愉

无所畏

快相处的概率几乎为零。即使这样，两个人还是要爱过，就算之后爱成了灰，也是后来婚姻的基础。你和暖男的基础内核不是相互的贪恋，这个，你知道。

说到底，女人还是要自强：不容易生病的身体、够用的收入、养心的爱好、强大到浑蛋的小宇宙。拥有这些不是为了成为女汉子，而是为了搭建平等的基础。自己穿暖，才是真暖；自己真暖，才有资格相互温暖。

女神一号是如何炼成的

我生在五月中旬,我是金牛座。按星相学家的说法,金牛座贪财好色,所以,我也是;金牛座贪财大于好色,所以,我也是。或许因为我又是金牛座,又曾是妇科大夫,又写过一些情色的小说,常常有人问我,你喜欢什么样的女生?

这是少数几个能把我一下子问愣住的问题之一。另一个类似的问题是:"你新出版的长篇小说写的是什么?"再一个类似的问题是:"你为什么要把泰戈尔的《飞鸟集》中的一句话翻译成'有了绿草,大地变得挺骚'?"

有一次,我真逼着自己仔细想了想,我到底喜欢什么样的女生?我发现,我四十岁之前和四十岁之后的答案并不一样。四十岁之前,心智基本还是个少年,最喜欢爱笑的女生。女生一笑,她的脸就像枝头上的花开了一样,就像云里的月亮露出来一样,就像大地上的草绿了一样,挺骚。四十岁之后,我意识到自己一身臭毛病,意识到在有生之年改掉所有臭毛病而立地成佛的概率非常低,于是破罐子破摔,在好些方面放弃对于自己的劣根性的清除，越来越喜欢不挑我毛病的女生。不挑我毛病的女生就是女神，不挑我毛病的女生广袤如大地，不挑我毛病的女生最美丽。

爱笑和不挑毛病，这两条看似简单，其实很难做到。放眼望去，难看的花草很少，放眼望去，难看的女生还是很多。如果女生爱笑、不挑毛病，女生就像花草一样，风里雨里、云里雾里，无论如何，都很难难看。

再往深了想，四十岁之前和四十岁之后喜欢的女生，不变的是什么？爱笑和不挑毛病的女生的共性是什么？是健康，是全面健康。

第一，身体健康（Functional Health）。身体健康是西医的狭义健康，是其他健康的基础。除了没有临床病症，广义的身体健康还可以包括面容姣好、身材魔鬼、气象万千。女生似乎总是关注头颅前面这张脸，其实魔鬼身材的力量可能更大、更持久，特别是在这张脸越来越难辨真假的今天。更少见的美丽是气象万千、气场巨大。我在唐诗里读过杜甫写的舞剑的公孙大娘，我在二十一世纪后也见过几个大姐，脸实在一般、身材实在一般，可是接触下来，总能看到她们眼睛里的光芒。不得不承认，有些人自带土气，有些人自带光环，尽管我苦思冥想，还是不知道这是为什么。

第二，智识健康（Cognitive Health）。有学习能力，全新的东西，看几本书、和几个人聊，就基本知道是怎么回事儿。有洞察能力，看得到常人常常忽略的细节，想到常人常常想不到的要点。有分辨能力，面对很复杂的问题，能很快梳理清楚、形成靠谱的假设、知道下一步做什么。女生不仅要在意胸，还要在意脑。如果必须选择，必须给出主次，宁可胸小，不可无脑。人类或许是自然界中最能从智识活动中获取快感的动物。和胴体的快感相比，智识的快感尽管虚幻，但是根深蒂固，不可断绝。特别是面容、身材的确一般，气场的确稀薄的女生，脑子灵光也可以灿若桃花，"虽然你长得丑，但是你想得美啊"。

第三，情感健康（Emotional Health）。和男生相比，女生似乎更习惯性地被情绪控制。我老妈对这个世界永远充满愤怒，她化解情绪的方式有两种：一种是直接骂我老爸；另一种是找几个人听她骂我老爸。我和老妈仔细谈过两次，希望她能知道这样不好。第一次，我劝她尽量减少欲望，欲望少了，失望就少了，愤怒也就少了。老妈说，如果没了欲望，就是死人了，她需要感到她还活着。老妈还补刀说，如果当初没有欲望，怎么会有你呢？第二次，我劝她，排解情绪的方式不只是骂老爸，比如还可以默念一千遍六字真言"一切都是浮云"。老妈想了想说，这个太单调了，如果天天默念形成了习惯,就成老年痴呆了,就成你老爸那样了,不要。我总觉得我老妈是个案,一定有些女生能意识到,过度情绪化不一定是健康的。在这个认知的基础上,暗黑情绪也可以通过非骂街的方式舒缓,比如饮酒,比如找年轻又好看的男生,比如购物。

第四,神灵健康(Spiritual Health)。我固执地认为,女生是高于男生的物种,任何女生在不自觉的时候都充满神性。男生带着胯下的二两肉,体会神性需要漫长的修行,而女生每月体会众生皆苦,抬头望望星空、低头想想情人就能体会到脱离地面的柔软。珍惜这些柔软,它们比山川和诗歌更加古老,更加有力量。

身体、智识、情感、神灵,全面健康的女生最美丽。这个事实,没有一个美容医生会告诉你。

除了包包,还有诗歌

我背诗的习惯养成得很早。

二十世纪七十年代,什么都缺,什么都不让做,什么方向也没有,我刚上小学,鸡鸡在夜晚还不会自己莫名其妙地硬起来,我背《唐诗三百首》,打发漫长的、无所事事的一天又一天。我歌舞奇差,五音缺三,如果让我跳舞还不如让我跳楼,音乐老师在考试的时候说,小唐,开始跳,我一屁股瘫软在地上,地球不动,我不动。

背诗除了消磨时光,还是我讨好世界的主要手段。我老爸带我去公共浴池洗澡,我和几个倒霉孩子在大池子里扑腾游泳,一些大人觉得烦,低声骂。我光着身子站在池子边,用全部的肺泡喊了两句诗:"自信人生二百年,会当击水三千里。"一时,全部大人都被惊到了,再也不骂了,我跳进水里,和小伙伴们继续扑腾。我不知道人通常会活几年,也不知道"水击三千里"出自《庄子》,我只是突然体会到诗歌的力量。此一时,小鸡鸡似乎都比平时硬了一些。

语文老师带我们去龙潭湖春游。她是个胸不太大、心有些拧巴的妇女,她说,等春暖花开了,到处都是春色,再去春游太没意思了,就在这一朵花还没开的时候,看看你们有没有本事发现春的信息。我和小伙伴们围着龙潭湖这个龙须沟臭水沟的终点,走在凛冽的残冬的风里,流着鼻涕,小贼一样四处踅摸春的信息,心里骂这个女语文老师。天很快就要黑了,有似烟似雾的东西从臭水沟的尽头升起,让一片叶子都没有的树变得生动起来,女语文老师问我们想到了什么。我心里想:什么时候让我们回家吃晚饭啊?嘴上却说:"平林漠漠烟如织,寒山一带伤心碧。"女老师叹了一口气,让我们回家去了。后来她说,她的文学书我随便借去看。

长大之后,背诗继续给了我很多方便。比如有一次和众多民谣歌手在他们演出之后吃烧烤、喝啤酒,喝得快高了的时候,伟大的盲人歌手周云蓬和我说,划拳太低俗了,我们比赛背唐诗吧,一个人起头句,另一个人接着背,背不出喝酒,喝完他再起另一个头句。后来,周云蓬很快喝多了,我一直想喝也没得逞。再后来,有个叫王小山的人和我说,欺负盲人不好,我说我也这么觉得。他和我继续比赛背唐诗。后来,他一直喝,也没喝多,他酒量太大了,我实在困了,先走了。

我写诗有过两个高产期，这两个高产期之间隔了三十年。

小学快毕业的某一年，十二三岁，区里教育局追新潮，不再举办一年一度的作文比赛，而是举办诗歌比赛。语文老师问我，背了那么长时间的诗，自己会不会写诗？我说从来没写过，试试。我一晚上一气儿写了二十首，都是用现代汉语模拟唐诗诗意，主要参考书是《全唐诗》和《朦胧诗选》，里面每个句子都不像人话。我估摸着，没准儿评委老师看不懂又觉得有底蕴就评我当全学区第一了。写完了二十首诗之后，我兴奋得睡不着觉，站在床上，天花板很低，人生第一次，我觉得自己很牛，天地之间，最大的就是我了。一时间，我想起那个传说，释迦牟尼诞生时，一手指天，一手指地，说："上天下地，唯我独尊。"一时间，我非常理解释迦牟尼，为了表达我的心情，在二十首诗之后，在逼自己睡着之前，我又写了一首非常直白的诗，通篇用了比喻：

印

我把月亮戳到天上
天就是我的
我把脚踩入地里

地就是我的

我亲吻你

你就是我的

诗歌比赛结果公布了,第一不是我,二十首诗的诗稿也没还我,我只记得这首直白的诗,重新默写在本子上。或许就是因为这首诗,评委老师和我的语文老师说,小心我有成为流氓的倾向,语文老师又原话转告了我妈。

自小学那次诗歌比赛之后,我就把写诗的事儿彻底忘了。我还保持着背诗的习惯。脑子里事儿太多或晚上睡不安稳时,就把《唐诗三百首》打开,背背,十几首诗之后犯困,一下子入梦,梦里三月桃花,二人一马。

四十岁之后创业,身心煎熬,飞行多,酒多。身体极累的时候,心极伤的时候,身外有酒,白、黄、红,心里有姑娘、小鸟、小兽、小妖。白、黄、红流进身体,小鸟、小兽、小妖踏着云彩从心里溜达出来。身体更累,心更伤。风住了,风又起了。沿着伤口,就着酒,往下,再往下,潜水一样,掘井一样,挖矿一样,运气好的时候,会看到世界里从来没有的景象,极少的字词、句子在虚幻里暗暗发光,璎珞一样、珠玉一样、眼神一样、奶头一样。语言乏力，多说必然错，只好只求直白，只用赋、比、兴，直接璎珞、珠玉、眼神、奶头，剔掉一切多余，比《诗经》《唐诗三百首》《千家诗》还直白，使用汉语的效率更高。这第二个诗歌高产期持续了两年，写了一百五十多首诗，总字数不到八千字，剔除涉黄、涉宗教的，剩下一百首出头，结集成我的第一个诗集《冯唐诗百首》。

我哥看完，反问我，这也叫诗啊？我想了想，不知道如何接他的话，就像无法和他解释古玉和老窑之美。我说，反正诗集字少，空白多，你就当本子用吧。我哥又问我，诗有什么用？我想了想，还是不知道如何答他的话，就像无法解释人类为什么需要博物馆或者为什么看到湖水会舒心一样。

女人比男人感性，和我哥解释不清的，我想女人容易明白。一个女人，如果找不到既给你买包包又给你写诗、抄诗的人，从中长期来看，找一个给你写诗或者抄诗的人陪你消磨未来的生命，比找一个只会给你买包包的人更靠谱。

你不要轻易开一家咖啡馆

似乎每个男人都在生命中的某个阶段想过开一家小酒馆。交通方便但是又相对安静，最好有个小院儿或者露台，至少有些茂盛的植物，桌椅舒服而干净，菜品简单而新鲜、常吃不厌，当然要有酒，酒的来路清楚、加价合理，当然要有老板娘，老板娘的来路不明，醉眼看上去手腕子很白、脖子很白、瞳孔很黑、头发很黑。

自己有家这样的酒馆，好处有：到了饭点儿或者需要请客，总有个地方可去，总有一个包间或者一张僻静的桌子（也奇怪了，即使在偌大的北京，似乎遍地馆子，但是想要订个吃饭的地儿，常常想不出该订什么）；让别人觉得自己混得不错，内心一股作为地头蛇的荣耀感油然而生；自带再多酒水，也免开瓶费；可以嘲笑大厨而不用担心他往你菜里吐痰；偶尔自己下厨做点时令菜，格调瞬间爆棚；总有人陪你喝酒；喝多了有人管，不怕裸睡街头；吐了就吐了，不怕丢人现眼；能多见到几次以前的老朋友。但是，放眼周围，似乎很少有男人心血来潮真这么做了，细想原因，一个是怕麻烦；另一个是希望馆子的选择多一些。这两个原因似乎都和男性的基因编码有关，老婆不能常换，馆子总可以吧？如果自己开了一家馆子，这种换馆子的自由也减少了，何苦？

似乎每个女人都在生命中的某个阶段（如果不是绝大多数阶段）想过开一家咖啡馆。最好离开正统工作环境，不要老土的总在写字楼一层或者地下；最好又不要距离写字楼太远，走路十几分钟就到，和工作又疏离又不远离；装修要有意思，或者一看就是不太一样的艺术感，或者眼睛安放的所有点都是眼睛喜欢的甜甜糖果；座椅要能把人陷进去、藏起来；空气里永远是各种咖啡豆、水和汽混合碰撞出来的复杂香味，闻几分钟就想坐下来打开电脑写点什么或者陷在座椅里发呆想起以前想不清楚的一切。

自己有家这样的咖啡馆，好处有：让别人觉得自己混得不错，不仅在地头上混得开，而且混得非常文艺；在这个城市，永远有个飘满香气和阳光的空间是自己的；永远有份工作，否则还得开个股票账户和别人强调自己是做金融投资的；人永远有个去处，哪怕没了娘家；自己从少女时代收拢的各种"珍宝"都有了去处，不怕别人说什么；自己的咖啡馆是自己的城堡，在自己的城堡里，自己才是永远的公主、永远的皇后；似乎挺省事的，需要的投资不大，要雇用的人不多；清爽，没有烹炒煎炸，没有闹酒打骂；

无所畏 | 99

或许能多些艳遇,甚至能遇上那个一生中最对的人。

但是,喝咖啡和开个喝咖啡的馆子是两回事儿。你手冲咖啡比星巴克的咖啡好喝无数倍,你做的糕点比星巴克的糕点好吃无数倍,你设计施工的室内装修秒杀星巴克,这些并不意味着你开个咖啡店就一定能战胜星巴克。

开咖啡馆首先是个生意。不当生意做,就做不长久。热爱喝咖啡、擅长冲咖啡只是起点,离做个好咖啡馆还有很大距离,仿佛以恋爱为乐和以恋爱为生差很远。

把咖啡馆当生意做,就必须面对一系列冷冰冰的商业问题:如何挣钱?如何多挣钱?如何持续地多挣钱?

你说:我二十元买的咖啡豆,手磨手冲了一杯咖啡,卖了四十元,挣钱就这么简单。

挣钱从来没这么简单。谁买你的咖啡?他们有什么特点?他们有多少人?他们每周喝多少杯咖啡?他们怎么知道你在卖咖啡?他们为什么要买你的咖啡?

忽略其他,我再就一个问题细问:他们为什么买你的咖啡而不是别家的?

你说:他们买我的咖啡是因为我的咖啡卖得便宜。

好,那你打算如何做到——同样种类和质量的咖啡豆,你进货比星巴克便宜很多？我读的书多，你别骗我。同样地段的店面，你租比星巴克租便宜很多？我读的书多，你别骗我。你有情怀，你雇的人都有情怀，工资比星巴克少一些又怎样？我读的书多，你别骗我。

你说：他们买我的咖啡是因为我的咖啡太好喝了，星巴克和我比就是屎。

好，你如何做到你用的豆子比星巴克用的好很多？

猫屎咖啡、大象屎咖啡、人屎咖啡。

好，你如何保证用这些豆子不会贵到物无所值？你如何保证这些豆子有长期稳定的供应？你如何能让你的顾客明白你的咖啡和星巴克之间的区别（审美教育是个漫长的过程，而且常常不能奏效）？冲法和用具也一样，你确定你真喝得出虎跑泉水和怡宝纯净水泡出咖啡的区别吗？

那你确定顾客喝得出来元代钧窑手把杯和金代钧窑手把杯盛咖啡之间的区别吗？

这才只是聊了聊产品问题，还有组织和人事。三人行必有我师，三人凑在一起必有架吵。还有很多相关方的协调：供应商、物业、消防、工商、税务、媒体，等等，他们通常不太咖啡也不太文艺。

所以，尽管现在是个体户 2.0 元年，举国创业，不创业、没天使投资人、不弄个 App 都不好意思辞职，上述问题你如果没想清楚，我还是劝你不要轻易开一家咖啡馆。

有人相信爱情，有人相信灵修

我一直从心底里认为，女性是比男性高出很多的物种，这也是我从小热爱妇女远远多于喜欢男性的直接原因。

女性总能放下很多所谓的大事，享受一个婴儿的触摸、一条街道的变化、一杯说不出哪里好的茶、一个和泥土和山河一样土气的杯子、一件不贵也和去年款式没什么大不同的裙子、一场毫无特殊意义的雨、一树每年都开的花、一个明天似乎也有的今天的夕阳。而男性似乎总是为那些所谓的大事而变成一个大小不等的傻逼，为拿到一个项目而连续赶早班机而轻离别，为早半年升合伙人而连续熬夜而损十年阳寿，为进富豪排行榜而不择手段而失去自由，为文章不朽而探索人性而抑郁。女性总是有种内在的判断能让周边的事物趋向更加美好，让一个花瓶里的花草妥帖，让一个空间里的事物排列出她的味道，让她的头发比花草更美好。男性在修炼成功之前（绝大多数在死前都没成功），似乎总是有种不知进退而成为二逼的风险，过分执着到死拧，过分淡定到麻木，过分较真儿到迂腐，过分邋遢到鼻毛过唇。两个人站着，不说话，场面一度非常尴尬，没见过任何一名男性的头发能美好如花。如果以个体的生存能力衡量，女性每个月流血不止而不死，女性都是不怕痛的英雄，女性的平均寿命完胜男性。如果以种群的繁衍能力衡量，女性能生孩子，男性不行。

最近，连续三个场合，我被三个伟大的女性安利"灵修有多么美好"，她们坚信我应该积极参与并做出应有的贡献。出生后，我也曾被各种神功吸引过，后来这些神功的创始人都被揭露为骗子，被扔进监狱，在舆论里消失。在我闲得蛋疼整日读闲书的医科学生时代，我还涉猎过很多灵异学，比如读过《身体腾空特异功能修持秘法》之类的书籍。这本书由北京体育学院出版社出版，麻原彰晃等著，朴飘、静空等编译。后来这个麻原彰晃在东京地铁闹出了很大的事情，毒杀毒伤了很多人。我还被父母逼着喝过很多红茶菌，练过不少功法，也尝试着接收过不少宇宙信息。多年以后，想起自己少年时代涉猎过的这些事儿，觉得人类真是进化不完全的动物，觉得脑子真是个好东西，我也应该有一个。我不是非常理解，总体而言，为什么男生这类低等物种长大以后都很少再涉猎灵异学，女生反而大爱灵修？

我召唤了我的"空杯心态"修持秘法，诚心诚意地了解这些伟大女性安利我的美好灵修，我说："啥玩意儿？真的啊？我能学到什么呢？给我讲讲吧！"然后，我听到了如下核心词和核心句子：

"这是一个非常小众的、受邀才能参加的生命教育课程。"

"很多很牛的人参加之后都说有收获，我也很好奇，你难道不好奇？"

"我给你看下一届学员的名单，都是大牛人，都已经有明确的意向要去，真的建议你也去，肯定会有收获。"

"灵修的地点在夏威夷，找个地方放松一下也好啊。其实，说是课程太过简单，更像是一个精心打造的环境，帮助其中的人打开觉察，缩短知道和做到的距离。我去年上了一阶课程，真正让我觉得醍醐灌顶的是今年上的二阶，让我意识到我自以为好奇、好学地学了一辈子，其实关于人生那四天已经足够。我突然感到自己其实就是一只井底之蛙，只不过井口可能比有些人的稍大一些。我过去所有的世俗成就塑成的是非对错标准与强烈的价值观都是井壁，都是我执。只有把自我缩小后试着放下自己，井壁才能落下，我才能看到、听到过去即使摆在我面前也听不到、看不到的东西。我在等待邀请，能有机会参加下一阶段的修行。"

"你问我，学到了什么？灵修不教你任何具体技能，它能燃起你的青春激情，告诉你不拘一格的思考方式，让你做事更加聚焦、生命更加圆满。你不要撇嘴，说实在的，我觉得你在这几个方面都缺，只是你不以为然，我无法唤醒你这个装睡的人。"

这些核心词句让我联想起人们迷恋过的各种神功，激发了我辩论的欲望，我索性直接问："女生为什么大爱灵修？"

"因为你们男生太让人失望了！"

"因为女生比男生有灵性！"

"尽管灵修中骗子太多，但是真功夫是真管用的！"

云在青天水在瓶，我忽然在瞬间失去了辩论的欲望。有人相信爱情，有人不。有人相信宗教，有人不。有人相信婚姻，有人不。有人相信中医，有人不。一个让天下太平的思路是：让我们像容忍男生大爱手串一样，容忍女生大爱灵修。如果女生鄙视男生大爱手串，这些男生就可能去摸另外一些更年轻的女生的手。如果男生鄙视女生大爱灵修，这些女生就可能亲近另外一些更灵性的男生的身。

喝几口就成了女神

似乎每个男人都追求牛逼,似乎每个女人都希望成为女神。

作为男人,在前半生,对于牛逼的追求给了我所渴求的大部分。而在后半生,我似乎要用整个半生来克服这种对于牛逼的追求。我在四十岁前后意识到,只有克服了对于牛逼的过分追求,才能真正避免成为一个傻逼,特别是,随着年纪的增长,避免成为一个老傻逼。两千多年前的孔子说,四十不惑,我猜想,他当时就是明白了这一点:为牛逼付出太多代价,就是傻逼。

女人不同,成为女神是个再正当不过的需求。

女生比男生早熟太多,很小就要把自己收拾得当,头发、衣服、说话,不要有差池,不要让莫名其妙的人看笑话。再大一些,要掌控一段段的恋情,进退、得失、荣辱,想尽兴,又不想输得不可自拔。选了大叔或者小鲜肉嫁了之后,放下自己还是放下家,又是权衡,即使放下自己,家里还是要自己说了算。生了孩子,又是权衡,权衡的结果往往是为了孩子进一步放下自己,但是在养孩子这一点上,女人往往必定是女神,唯我独尊。

随着年龄增长，我老妈越来越胖。我问，是不是您总是撑着架势，总是想控制，原来的虚空后来就被肥肉填充上了？老妈说，不是，是被你这个小王八蛋气的。我和老妈先是不能住在一个房间里，再是不能住在一个屋檐下，再是不能住在一个小区里。我受不了她总是从自己的价值观、世界观、人生观以及审美感觉出发，时刻指责我为什么这么做、为什么不那么做。她受不了为什么我没有在摇篮里任她摆布时可爱了。我后来慢慢试出和她居住的最佳距离：八百米——走路十分钟，走到了，手里的一碗热汤面还没凉。这样，我听不见她超高音频的指责了，她面前也只有我小时候的照片而不是如今一张独立思考的四十岁的老脸了。她开始养花草，她说，子孙不在身边，她还能掌控多盆花草，浇水施肥之后，就会开花。

但是，现在的女人当女神似乎越来越难。老公越来越忙，儿子越来越有主见，婆婆和姑嫂以及小你十岁以上的姑娘们在现代化妆和整容技术的武装下，老得越来越慢。老公忙得小跑去洗手间的时候，你让他陪你去看夕阳，看多了，即使他还能保持隐忍恬退悠然南山的心态，他的前列腺也快发炎了。儿子有了自己的看法之后，你再用你的"三观"笼罩他，他会尽早搬出家住校，逃离你的魔爪。和婆婆、姑嫂或者美艳小姑娘的竞争也很无聊，

无所畏 | 109

美容手术太痛，化妆太烦，健身太累。即使自己努力增加修养，背《唐诗三百首》、弹古琴古筝、练茶道花道香道，老公、儿子还是贪看手机，谁来"共我山头住"？

适度饮酒是成为女神的捷径。

这个捷径对于男人不适用。男人饮酒之后，想起一生追求，然而没得到的牛逼，泪花就落满了一整张大脸，然后擦擦泪，开始诉说为什么周围人都不对，怎么不对，为什么待的地方不对但是自己却不能离开，为什么时机不对但是也说不好什么时候会对，总之为什么周围那么多傻逼自己不能牛逼都是这些傻逼害的。

女人饮酒，一点点，气血有点加快，几天劳碌渐渐变得容易承担。再喝一点点，脸色多了些桃红，世界有些朦胧。又喝一点点，头发有些闪亮，心有些柔软。再喝一点点，脊柱有些发软，索性就半软在椅子里，又怎样？反正周围也没有坏人。又喝一点点，心里的纠缠和拧巴散开，嘴上的话有些多，平时死活说不出口的烦恼就在喝下一口之前说了，又怎样？再喝一点点，记忆里和感官里的墙逐渐坍塌，记起了白日里、黑夜里、梦里很多美好的小事儿，这些小事儿才是生命里的精华，大事在酒精里都已经忘得一干二净。又喝一点点，想起以前的诸多权衡取舍，叹一口气，觉得自己在大多数情况下还是对的，无可奈何是人生常态，扭头看窗外，看着对面的男子，心里唱《红莓花儿开》，然后上车，然后到家，然后找到床，然后轰然倒下，像所有女神一样，没人看到女神这些到家之后的然后。

唯大英雄能本色，唯酒后女人能本色。在这所有的饮酒过程中，女人呈现出比完全清醒状态下多很多的真实，比完全清醒状态下更像树、花、孩子、食草动物，真实地随风开放，随风摇曳，随风张牙舞爪，随风香百步。

下次又有当女神的冲动时，抓个有趣的人，说："咱们去喝一杯吧？"

友情提示——饮酒成性的女神不完全名单包括：英国首相撒切尔，法国作家杜拉斯，中国作家张爱玲，美国演员梦露，很多日本女优，等等。

友情提醒——酒驾被抓住会坐牢，哪怕你是女神。过度饮酒和任何过度一样，有害身心健康，哪怕你是女神。

人皆草木
不必成材

叁

想起一生中后悔的事儿

只花时间给三类人:

好看的人,

好玩的人,

又好看又好玩的人。

毫无意义的一天

小学和初中作文，记人、记事、记活动，常见的题目是："特别有意义的一天"。我远离了小学和初中作文，但是想写写今天，题目就反着来，叫"毫无意义的一天"。

二〇一六年五月十三日是我四十五岁生日，这是毫无意义的一天。

无论从什么角度来衡量，我人生的上半段都在今天告一段落，明天就要开始下半段了，而且很可能是比较差的半段。

同样吃一串葡萄，有人先从最好的一颗吃起，好处是每次都吃到可得的最好的一颗；有人先从最差的一颗吃起，好处是每次都能吃到比之前更好的一颗。这两种人，无所谓好坏，不同的人生态度而已。一段日子和一串葡萄不一样，人过一生，没什么可以选择，日子一天一天过，无从挑拣好坏的顺序。以前从来没想过自己能从一个少年长到四十五岁的高龄大叔，今天，四十五岁的生日无可置疑地到来。

昨晚有好几个好朋友问我：四十五岁也算一个大生日了，如何过？我想了想，又想了想，实在想不出如何过这特别无意义的一天。临睡前想到了给自己的生日礼物：不上闹钟，四十五岁生日的早上，睡到自然醒。

结果像往常一样，早上七点就醒了。想了想，上午还是有两件推不开的事儿，尽管睡了一个小的回笼觉儿，还是上了九点的闹钟。

在这毫无意义的一天，在浴室的马桶上、镜子前，在出租车的轮子上，我对比如今和记忆里浓缩的青春，心头还有诸多窃喜：

之一，眼睛似乎还是和两三岁照片里的一样，淡定、好奇、干净。

之二，身体还能挤进二十岁时穿的牛仔裤。

之三，在街上看见一个穿紧身皮裤的漂亮女生背影，看了一眼，又看了一眼。

之四，少年时跑三公里总骂体育老师的娘三万次，跑完总想死。从去年五月开始长跑，去年九月跑完全马，今年年底的目标是十公里跑进五十分钟。四月初在东京，浑身发紧，逼着自己早起跑步，跑到皇居，一圈，再跑回，一点不累，越来越快，十公里不到四十九分钟跑完，提前完成今年目标。

之五，前半生认识的朋友来看我，是因为想看我而来看我，而不是因为我在某大机构任职或者刚得了一个世界第一、宇宙无敌的文艺大奖。

之六,还有后半辈子都做不完的正经事儿。比如,我还是想坚忍耐烦地推动建成几个甚至十几个有旧时风骨的协和医院,让更多的医疗工作者体面地工作,让更多的病人得到像人一样的救治。比如,我还想再多读几遍甚至十几遍《资治通鉴》,结合麦肯锡的十年锻炼和之后的十年商业经验,多写写如何修炼商业见识,再带出十来个没风都能低空飞行的青年才俊。

之七,在后半辈子都做不完的正经事儿之外,还有几辈子都做不完的不正经的闲事儿。比如,四部长篇小说都打好了大致的腹稿,其中两个都开了两三万字的头儿,等着时间完成。比如,《搜神记》十三集全录完、播完了,我要写十来篇短篇小说。比如,尽管我一定不当导演或者演员,但是我乐得变成文字发动机,乐得看到我的文字在各位影视大神的手上变为声光电梦幻泡影。比如,我想学门冷僻的语言,从梵文、甲骨文、拉丁文、希腊文中挑一种。比如,我想把过去收集来的高古玉和高古瓷好好整理整理,给每件东西都做一个简素的盒子,写一篇小传,用小号毛笔写品类名字。比如,养好手腕,给答应过的几个人刻印章。比如,尽管我知道,在我死前,我想读的书已经读不完了,但是,我还是想尽量多读一点,谁知道下辈子还有没有或者变成什么,还能不能享受读书的乐趣?

之八,父母尚在,都还没痴呆。中午请二老吃饭,我问老爸,您想再活多少年?老爸想了想,说,这个不好说。我问老妈,您年纪这么大了怎么还老操心这么多闲事?老妈想都没想,说,你高中早就毕业了,怎么到了后半生还关心国家大事呢?"你今天生日,我唯一的希望就是你不要太累了。"

之九,北京今天的天儿可真蓝。

既然岁月留不住,就让我带着这些小窃喜,坦然面对后半生吧。

补记:我小时候听说,三十岁之前睡不醒,三十岁之后睡不着,我都四十五岁了,为什么还是总睡不够呢?

想起一生中后悔的事儿

摄影 / 吕海强

真正的故乡

我的生日是五月十三日,和王小波一样。我写这篇文章的时候,差一个月就四十五岁了。王小波差一个月四十五岁那天,在北京郊区心脏病发作,去世了。

我固执地认为,一个人在二十岁之前待过十年的地方,就是他真正的故乡。之后无论他活多久,去过多少地方,故乡都在骨头和血液里,挥之不去。从这个意义上来讲,广渠门外垂杨柳就是我真正的故乡。

这里原来是北京城的近郊。所谓北京城里,原来就是城墙以里。北京城本来宜居,城墙一圈二十四公里,城里多数两点之间的地方走路不超过一个小时。广渠门附近的确多水,有大大小小很多湖、沟、池塘,有挺宽、挺深的护城河。多水的一个证据是,二〇一二年夏天的一个夜晚,下大雨,广渠门桥底下淹了好些车,还淹死了一个人。在北京这种缺水的北方城市,我还是第一次听到这样的事情。水多,杨柳就多,长得似乎比别处快、比别处水灵。草木多,动物就多,原来还有公共汽车站叫马圈、鹿圈的,估计清朝时是养马、养鹿的地方。在附近，我还见过四五个巨大的赑屃，汉白玉，头像龙，身子像王八，石碑碎成几块，散在周围。我想，附近应该埋葬过王侯级别的男人和他的老婆们，一直纳闷他们随葬了一些什么东西。

这里曾是我身心发育的地方。一个窗外有成排的垂杨柳、窗内有小床的家，家门外三百五十四步之外的小学，沿途一二十个小摊和三四十棵杨柳，杨柳上的知了，护城河边的灌木，护城河里的鱼。我的肉身在这里从半米长成了一米八，我的心智在这里形成了世界观和人生观，肉身和心智一起在这里爱上姑娘，在这里反复失身、反复伤神。

在多个别处住了很久之后，我又回到了自己定义的我的故乡。我曾经在世界各地研究过很多养老院，专家一致意见，人脑难免萎缩，人难免老年痴呆，就像眼睛老花一样不能避免，一个最简单有效延迟老年痴呆的方法就是和小时候常待的东西待在一起，比如书和围棋、象棋，和小时候常待的人待在一起，比如父母和损友。

在王小波走完了一生的年纪，在常人至少过完了上半生的年纪，我把近二十年散落在各处的个人物品都搬回了我的出生地北京，更确切地说，搬回了北京广渠门外垂杨柳。从昆明的办公室、住处,北京的办公室、父母家,深圳的办公室、住处,香港的办公室、住处,加州伯克利山上的住处,各种箱子被陆续运回北京,堆在垂杨柳的房子里。我又开始了到处跑的生活,三餐一半是在机场和飞机上吃,实在忙不过来,安排别人开箱,书为主,不管顺序,先摆上书架再说,还有点衣服,先挂在衣柜里再说,其他箱子暂时不动,等我有空,慢慢收拾。

有一天晚上,应酬回来,喝过一点点酒,微醺,进了屋门,放下公文包,没开灯,在黑暗中,街上的灯光和天上的月光涌入房间,依稀看到满架、满墙的一本本买来的书,闻见一些书微微的霉味、老茶饼的味儿、衣服的樟脑味儿,当时愣住,似乎进入了一座坟墓,坟墓的主人似乎是自己,又似乎是另一个和自己关系密切的人,似乎走进了一块冻住了的时间,硬硬的,冰一样,没有方向和前后,几年、几十年,没头没尾地停滞在一处,又似乎比冰柔软,手放上去,放久一点,不融化,但是变得如同透明软糖一样,捏一捏,变形。心里一紧,缓一缓神儿,吸一口气,心里又一紧。

四十不惑,筋骨渐涩,我又开始跑步,让肉身和心智还能有能量反复失身、反复伤神。小时候跑过的路又重新跑了又跑,护城河、龙潭湖、夕照寺、天坛,和读老书一样、见老友一样、喝老酒一样，熟悉的陌生，陌生的熟悉，一阵阵恍惚。我小时候多病，老师说多跑治病，所以常常以跑代走。从小学门口到家门口，跑十分钟，书包叮当作响，我跑上三楼，跑进家，我爸的炒菜就上桌了。我爸说，他一听到我书包的响声就葱姜下锅，我跑进家门，菜就刚熟，有锅气。

无常是常，人不能两次踏入同一条河流。常是无常，过去的人、过去的河流、过去的酒、过去的城市，似乎一直还在，在另一个时空里长生不老。

每到这种时候，"无可奈何花落去，似曾相识燕归来"这两句诗总是冒出来，总是吸一口气，再跑一会儿，逼自己忍住不要去想所谓生命的意义。

我爸认识所有的鱼

老爸走了,我现在赶去机场,回北京。

二〇一六年十一月十三日。老爸十天前还能吃能喝,半盘子卤肘子吃光之后一碗粥喝光,两天前还在做饭炒蘑菇,今天上午还吃了半碗面条,今天下午五点,就毫无痛苦地过去了。他九月过了八十三岁的生日。今天还是老妈的生日。

我订完机票,取消下周所有会,打了几个电话,安顿好,忽然想到,每次见到老爸,他都不太爱说话,给我倒一杯热茶,眼泪下来,止不住。我知道,走得这么快、这么安详,像睡着了一样,是老爸的福德,也是他一生修行的见证。可是,我还是觉得心里空了一大块,眼泪止不住。洗把脸,准备去机场,洗着洗着,哭倒在洗手间的地板上。

前一个月,安排彻查了老爸的身体,排除恶性病变。老爸体重不到四十公斤,我搀着他,觉得他小得像个孩子。我小的时候,不到四十公斤,他也这样拽着我的手,去医院、去公园、去他单位玩耍。因为太瘦,老爸的静脉状况很差,做加强 CT 需要的留置针都安不住。我还和他开玩笑，如果真生病了，要静脉注射，您就真有罪受了。老爸进 CT 室之前，要卸下一切金属，他脱了手表、钱包、钥匙、手机、戒指、手链、香烟、打火机、假牙，我拿他的帽子盛了这些物件儿，小小一堆儿，很无辜地聚集在一起。

他一点罪都没受，睡着去了，在地球上他住过最长时间的北京垂杨柳，和平时午睡一样，张着嘴，手放在电脑上，眼睛闭着。我想过给他换个新平板电脑，他说不要，他的电脑里斗地主积累了很多分数，一换就都没了。他从来没有多过一万元的存款。他一直霸占厨房，给周围人做饭，认为任何厨神做的饭都没他做得好吃。他认为所有馆子的菜都太贵。他认识所有的鱼。他说，天亮了，又赚了。

反正老爸一辈子不太爱说话，他的小羽绒服还挂在门口的挂钩上，我认为他根本没走。老妈在老爸屋子里摆了一个简单的灵堂。我去上了香，看到他的床空了，整整齐齐的，照片中的他笑得像以前一样无邪，手表、钱包、钥匙、手机、戒指、手链、香烟、打火机、假牙等分列照片两边，我眼泪又流出来。流了一阵，擦干出去，我在老妈面前不敢哭。老妈啊，您总是欺负老爸，如今他走了，您没人欺负了，您怎么办呢？

想起一生中后悔的事儿

无所畏

我见过的最接近佛的人圆寂了,留我一个人独自修行。圆寂不是离去,而是去了另一维空间。其实,人一起生活过一段时间,就没了生死的界限,除非彼此的爱意已经被彻底忘记。我这么爱老爸,他就走不了。其实,人比的不是谁能拥有更多,比的是谁更能看开。老爸一直没拥有过什么,一直看得很开。我努力向您学习,争取做到您的万一。

我在这一维空间里祝您在另一维空间里一切安好,认识那里所有的鱼。

没有父亲的父亲节

爸爸：

在您不在了的第一个父亲节，我很想念您。

您走了好几个月了，似乎总还是在屋子里晃悠。妈妈说您去买菜了，我觉得您是去出差了。尽管好久不见，可在每个角落都有您层层叠叠的气息，似乎分分钟您就会从某个房间里慢慢走出来。

您走了之后，哥哥、姐姐、我一直试图和妈妈生活在一起。当初，您成功了，现在，我们没成功，我们觉得您很了不起。我们试图像您一样和她生活在一个屋檐下，没做到；和她生活在一个楼里，没做到；和她生活在一个小区，也没做到。哥哥说，如果和妈妈在一个屋子里待半天，他真的会有生理反应，回到他自己的住处，他需要吃止痛片缓解头痛。妈妈是一个总要闪烁的人，一个总要做世界中心的人；您是一个一直不要闪烁的人，一个一直在边缘的人。她有种能在一切完美中找到错误的天赋，您走了之后，也没消退，方圆十里，寸草不生。我试图和她分析她经历过的种种历史上的荒谬，她说，忘掉你的独立思考，这些荒谬你没经历过，你没发言权。我想了想，竟然无可反驳，也对哟。我试图问过她，余生何求？她反问我，信不信我死你后面？看着她生命力超级旺盛的样子，染了一头红头发，体重比我重，吃得比我多，语速比我快，我索性就信了。她一直用一些花布遮挡身体，然后像少女了。她一直不按时吃降压药，然后头晕了。她一直认为牙可以咬碎所有坚硬的事物，然后牙掉了。她一直以为可以呼呼大睡，然后失眠了。她还是挑所有人的毛病，尽管她似乎知道，她已经离不开人类了。

谁又能改变谁呢？我们生下来就被一个模子刻出，生之后的挣扎都是效率很低的活动。如果不诉诸降维攻击，改变任何个体都是困难和徒劳的。我渐渐有了降维攻击的一切见识和心力，每每要启动攻击的时候，我每每听到您说，任何一个有灵魂的人都不该降维攻击，"己所不欲，勿施于人"，人不能做自己鄙视的东西。您告诉我，不作恶！不作恶，才能不做噩梦。我到了年近半百才明白，能睡是第一要义。不做噩梦，一个人才能睡好。一个人都睡不好自己，凭什么去睡其他人？您睡好了自己，在睡好我妈的路上，再也没醒来。其实，睡眠之路，才是成佛之路。

您很少说话，开口说话也总是那有数的几句。您在电话里总问我，你在哪儿呢？我报了地名之后，您不知道那是哪儿，就继续问，你什么时候回来啊？我其实也不知道那儿是哪儿，更不知道什么时候能回来。我回到您面前，您总会给我一杯热茶，然后也不说话，手指一下，茶在那儿。您走了之后我才明白，一杯热茶之前，要有杯子、茶、热水，要问很久、很多次：我儿子什么时候回来啊？

我翻译您用四十五年和我在一起的时间要告诉我的话：一个好父亲，其实不是陪伴。您告诉我，好父亲是万事里的一杯热茶，是饿了有饭吃，是雨后陪我尽快跑去河边的钓竿，是不附和我妈说我的女朋友都丑得惨绝人寰，是告诉我人皆草木不用成材，是说女人都是好人包括号称我妈的那个人也很不容易。

其实，妈妈也很想您，只是方式与众不同。

余不一一。

儿酒后草于北京

如何和老妈愉快相处

生而为人,每个阶段、每一年、每一天,似乎都面临一些难题,小到明天穿什么,中到天理国法、江湖道义,大到人生如果没有终极意义,明天为什么要醒来。面临的这些难题也随着四季、流水、年纪而变迁,少年时担心过早兴奋,中年时担心过度兴奋,年岁大了,或许会担心为什么一点也不兴奋。但是似乎生而为人的每个阶段、每一年、每一天,自己的老妈都是一个巨大的难题,如何真诚地、持续地、不自残地、愉快地和老妈相处,似乎永远无解。与之相比,战胜自己、战胜小三、战胜婆婆,为天地立心、为生民立命、为往圣继绝学,似乎都不是个什么大事儿。牙刷可以换,手机可以换,常住地可以换,女友可以换,老婆可以换,性别可以换,甚至可以认贼作父,但是老妈还是换不了。

自从我有记忆起,每次见老妈,我都觉得她蒸腾着热气,每一刻都在沸腾。我时常怀疑,英国人瓦特是不是也有这样一个老妈,所以发明了蒸汽机?老爸和她愉快相处的方式是装聋,大面积借鉴了"酒肉穿肠过,佛祖心中留"的禅宗心法。我问老爸如

无所畏

何和她待了六十年，老爸喝了一口茶，从后槽牙发出一句话："一耳入，一耳出，方证菩提。"老哥和她愉快相处的方式是忍耐。老哥最早是不能和她睡在一个房间，后来是不能睡在一个房子，再后来是不能睡在一个小区，最后是不能睡在一个城市。不知道是老哥越活越自我越不愿意容忍，还是老妈越来越变本加厉越来越不加节制，我亲眼见到老哥陪老妈吃了一顿中饭，饭后吃了两片止痛片，离开两个小时后，和我说他头痛欲裂。

尽管有老爸和老哥缓冲老妈的能量，从少年时代开始，我还是不得不塑造我和她愉快相处的方式，我的方式是逃亡。地理上的逃亡是住校。我从高一就开始住校，再难吃的食堂我都觉得比我老妈用唠叨的方式摧毁"三观"强。心灵上的逃亡是读书和做事。很早我就避免和老妈对骂，这方面她有天赋，我即使天天在河边溜达，这辈子还是干不过她，老妈古文水平一般，我高一就读《二十四史》；老妈英文一般，我大一就读原文的《尤利西斯》。老妈被她触摸不到的事物震慑，一直有按捺不住驱魅的冲动，她会冷不丁问我："你没杀过一个人，读得懂《二十四史》？你没去过英国，瞎看什么《尤利西斯》？跟我说说，你明白了啥？"

老妈活到八十岁前后，肉身的衰老明显甚于灵魂的衰老。她还是蒸腾着热气，但是热气似乎不再四散，似乎都在头顶飘扬，

无所畏

肉身仿佛一个不动的耀州梅瓶，灵魂在瓶口张牙舞爪。老爸去天堂了，老哥远避他乡，只留我和老妈在一个城市。我也不敢和她睡在一个房子里，甚至不敢和她睡在一个小区。我睡在她隔壁的小区，按北方的说法，在冬天，端一碗热汤面过去面不凉的距离。

我不得不重新塑造和她愉快相处的方式。

我尝试的第一种方式是讲道理。我自以为在麦肯锡小十年练就了超常的逻辑，外加佛法，外加卖萌，总能降伏她，然而我错了。我反复和她讲宇宙之辽阔而无常、人生之短促而无意义，为什么她每天还是那么多欲望和阶级斗争？老妈认真听了一次又一次，最后说："你这都是放屁，如果我没了欲望，我那还是活着吗？"

我尝试的第二种方式是念咒语。我总结了一下禅宗式微的根本原因是过分执着于证悟，丧失了广大群众。广大群众懂撸串和拜佛消灾，所以要有念珠和咒语。老妈说，每天睡前和醒后总有很多念头在脑袋里盘旋，可讨厌了，怎么办？我说，我借您一串念珠，您每次出现念头盘旋，就在心里默念一千遍：一切都是浮云。记住，一千遍。我再去看老妈，老妈一直对着我笑个不停。看我一脸懵逼样儿，老妈说："我念到一百遍的时候，忽然意识到，我傻逼啊，一遍遍念这些有的没的，我又被你这个小兔崽子骗了。

咒语，你收回。念珠，我留下了。"

在放弃努力之前，我最后的方式是顺势疗法。老妈的"三观"已经形成七十年了，我怎么可能修正它们？既然养亲以得欢心为本，那就毫无原则，往死里夸。有一天，老妈在微信群里嘚瑟："我完全没什么花销，有钱没什么了不起！"如果是在没想清楚这点之前，我一定会说，您是没花销，物业、水电、网络、保姆、吃喝、交通、旅游都是我们花的，您是没花销。想清楚这点之后，我是这么说的："勤俭是中华民族的千古美德，您是典范，我们怎么就没学会呢？如果没有您的勤俭持家，我们怎么能到今天？爱您！"老妈蒙了四秒，问："小兔崽子，你是在讽刺我吗？"我说："怎么敢！"老妈释然，接着说："就是啊，如果没有我存钱，怎么有钱供你们读书、出国、找媳妇？还是你最懂我啊。"万事都如甘蔗，哪有两头都甜？

我想，既然老爸都能坚持六十年，我就替老爸用顺势疗法再坚持治疗我老妈，和她再愉快地相处六十年。

无常是正常

想起一生中后悔的事儿

尽管有预言说二〇二九年人类永生，我还是习惯以八十岁阳寿作为人生规划的基本预期。过了四十岁，仿佛过了人生的前半程，后面是广义的余生。孔圣人号称四十不惑，我没有完全体会过不惑是什么，更真切的体会是，一会儿明白，一会儿糊涂，大事儿上明白，小事儿上糊涂。

四十岁之前，人生前半程，仿佛爬山，目标明确，朝着山顶，心中常常充满期待，骑虎驱龙，披荆斩棘，全是向上的力量。四十岁之后，人生后半程，尽管可能有所谓更高、更远、更强的目标，但是心里清楚，身体里、心里、周围，有种东西已经过了盛时，仿佛花开全满之后，月亮全圆之后，仿佛长篇小说读了一半之后，仿佛下山，无论怎样界定，那个山脚一定在等着我们所有人，那个肉体无法避免的终点比上山时看得真切得多，于是，期待少了很多，回望的频率多了很多，越来越精打细算如何花剩下的时间，仿佛一个勤俭持家的人对待一点点减少的储蓄，只花时间给三类人：好看的人，好玩的人，又好看又好玩的人。四十岁之后,散步时,十公里跑时,动不动就想起一生中后悔的事儿,散也散不掉,跑也跑不掉,梅花就总落满小区和护城河边的道路,给保洁团队添了很多麻烦。

前半生,和人聊天,我有个口头禅是"祝你幸福"。现在,遇上非常熟悉的老哥老姐们儿,我新的口头禅是:"您还有啥未了的心愿?"这些老哥老姐们儿通常都很敞亮,答案五花八门,比如"每天吃好喝好玩好",比如"时刻准备着闹点大事儿",比如"没有什么未了的心愿了"。如果遇上比较介意的,我就用更正经的措辞问:"面对余生,你内心最大的困扰是什么?如何克服?"

常见的答案有:

"最大的困扰还是死亡。我们成长在一个没有宗教的环境里,不知道死后是什么。在某些宗教里,好人上天堂,坏人下地狱,当然,绝大多数人都认为自己是好人,即使少数自认人渣的人也知道死后去哪儿,也远远比不知道去哪儿要强得多。在另外一些宗教里,有来生,那就更不怕了,死了之后,二十年后又是一条好汉。我们现在长大了,再想去信个宗教,也有些晚了,将信将疑帮我解决不了面对死亡的问题。"

"最大的困扰还是情欲。任何激情,都不可能持续很久,如果能持续很久,就不是真正的激情了。虽然已经是残生,但还是要活很久,而且还要被情欲困扰很久。年轻时我无法一生爱一人,现在还是做不到。出轨怕道德谴责,嫖娼怕朝阳群众,引刀自宫,怕自宫之后还是写不出《史记》被周围人嘲笑。"

"最大的困扰还是后代。生小孩儿的时候,没征求过小孩儿的同意。既然生下来了,就应该尽到养育的责任。我不知道我不在了,他们怎么办?我甚至不知道,我即使能一直陪他们到成年,我应该怎么办?"

这些终极问题,本来也没有终极的正确答案。我也问过我自己,我余生最大的困扰是什么?

对于我来说,不是死亡。长身体和形成"三观"的时候,就泡在生物系和医学院,见了太多生死,我做的博士论文课题又是癌症,对死亡本来就不陌生。"人生一世,草木一秋""人死如灯灭""光阴者,百代之过客也",这些道理渗入骨髓。去年,老爸走了,我对死亡有了新的认识。老爸走了很久之后,我还是觉得他没走多远。死亡不是终点,阴阳其实无隔,一个楼的不同单元而已;死亡之后,肉身和灵魂换了另外一种我们并不清楚的方式存在而已,仿佛东瀛爱情动作片可以是一场真人表演,也可以是一场电影,也可以是 U 盘里的 0 和 1。有一次坐飞机,飞机剧烈颠簸，周围所有人都自觉系好了安全带，一脸死灰。我害怕了一瞬间，但是想到，即使我挂了，还有十几本著作留下，根据版权法，还有五十年版权可以分给我的亲人，另外，我有很大的信心，再过一百年，我的书还会有人读，我合上眼，很快睡着了。

对于我来说，也不是情欲。首先，情欲不是一个坏东西，情欲是原动力。从青春期到年近半百，我已经积累了多年管理情欲的经验，何况还可以写小说、写诗，何况还有那些伟大的东瀛爱情动作片。

对于我来说，也不是后代。诸法无我，我越来越倾向于，任何一个人，包括父母，都不能决定一个孩子的到来。任何孩子的父母都只是一个通道，众多无法事先确定的力量合成一个决定，把一个无法事先确定的孩子通过这个通道送到人间。孩子的到来其实是为了给这些无法确定的力量再添一个更不可控的因素，仿佛一粒沙投入一座城堡。

细细想来，我余生最大的困扰是克服一些、打破一点、平衡好我上半生赖以成就的那些特性。这些特性里最突出的一个就是争强好胜：从来没拿过第二，在自己毫不相关的领域里也要争第一，先人后己，照顾目光所及的所有人，惦记一切最好的以及班花，享受横刀立马、千军之中取上将首级的意气风发。需要克服好胜的原因罗列如下：打打杀杀一眨眼几十年，那看花的时间呢？阳光之下，力战就必定能胜，动作变形也能接近天成？

克服的方法说起来很简单，做起来却很难：做自己认为对的事儿，慢慢放下输赢和计算。

我能赢吗？

摄影 / 吕海强

最简单的快乐

在过去两三年,我陆续把前半生散在世界各地的物件搬回北京,在我出生的垂杨柳重新安营扎寨,试图过好后半生的生活。在清理这些物件的过程中,我看到过去岁月极其清晰的痕迹,一些剧痛和狂喜在某些瞬间被毫不留情地再次揭开,所有似乎过去了的其实都没有过去。我再次坚信,我不得不做一个写作者,不写出来,不反复写出来,这些伤心事如何过去,哪怕似乎过去?

在清理这些物件的过程中,我深刻体会到科技在过去三十年的进步。二十五年前,我的第一台笔记本电脑还在用 3.5 寸软盘,机器内存 2M;二十年前,开始严重依赖电脑,平均三年换一台,新电脑被狂使一年之后,键盘上印刷的字母就开始变得模糊;十年前,第一代苹果手机出现,曾经那么被依赖的电脑渐渐越来越少触碰。我反正已经老到不用自己再建估值模型、自己做 PPT 了,如果不是在周末写专栏文章、不是在假期写小说,竟然可以整个星期甚至整个月不碰电脑。

在清理这些物件的过程中,我深刻感到,前半生积攒的东西太多了，地球就是被我这样的人一点点毁掉的，除了日常吃喝，后半生什么都不买也够了。我动用了平时不太常动用的佛法，"断舍离"——其实，简单一个字——"扔"。

在对抗贪、嗔、痴的战斗中，佛法的作用一般，总体没能扔掉很多东西。相对扔得最多的是工艺品和纪念品，那些印刷画、旅游纪念品、开会纪念品，就美感而言，多留一件就多一分对自己的鄙视。相对扔得较多的是科技类物品：那些旧电脑、旧硬盘、旧外设。还扔了一些书，那些凑数的、应景的，又没文字又没见识的。衣服扔得不多，三十年前穿了走进春天里去泡妞的牛仔裤现在还能穿。扔得最少的是和手写相关的本子和笔，从小学一年级就开始记日记和札记，到现在十几本了；在麦肯锡工作九年，本子和笔不离手，摞起来几十本了；在华润工作五年延续麦肯锡的习惯记工作笔记，摞起来十几本了；在电子邮件之前需要贴邮票的所有手写信：情书和非情书，色情的信和非色情的信，满满一纸箱了。

还有笔。因为总要记笔记，笔不离手，进麦肯锡工作第一个月就跑到国贸买了一支万宝龙牌的钢笔，如今收拾出十来支，包括纪念卡夫卡的限量版。买这支笔的时候，卡夫卡是我的文字英雄，如今，卡夫卡还是我的文字英雄，但是我已经活过了卡夫卡在世间的阳寿,他刚活到四十岁就挂了。还有毛笔,十岁前练颜真卿的字帖,十岁后就彻底放弃,开始用硬笔。遇上好看的毛笔就买一支,如今堆在那里,也有十来支了。这些硬笔和毛笔,我一支也不想扔掉。

在一切已经电子化或正在飞速电子化的如今,为什么还要手写?

因为手写有人味儿。手握着笔,笔尖在纸上划过,留下黑色或者其他颜色的笔迹,发出窸窸窣窣的声音。写完,盖上笔盖儿,折叠好纸,塞进信封,散步去邮局,投进邮筒,想象收信人撕开信封,打开纸张,看到那些黑色或者其他颜色的笔迹。每一步,都是人的味道。整个世界充满了电子和塑料,因为忌惮相关法律、法规、卫生问题、人性麻烦,连最基本的人性满足都越来越借助U盘和手机里的东瀛爱情动作片,我打算逐渐放弃电子邮件,手写信,给心里真正放不下的人,贴张邮票,去邮局寄了。

因为手写能培养美。手写字多了,有可能就写得好看了。字写得好看了,对于线条、形状、颜色、空间、文学等美感的重要组成就会有感觉了。

因为手写是最简单的快乐。有人问华罗庚为什么学数学,他说学数学最简单,一支笔、一张纸就够了。其实,最简单的快乐,一支笔、一张纸也就够了。中年不如青年时心志凶悍,容易动动脑子就心悸神乱,据说写毛笔字可以聚气凝神,以后周末,天气好就去护城河边跑步,天气阴霾就在屋里窝着写写字。中年后,AlphaGo 战胜人类后,越来越不容易快乐。听人说,跑步能高潮。我试了试,真的,跑完十公里之后,一天嗨。听人说,手写字也能高潮。我看见过某个书法家一边写行楷一边小声叫:"不行了,不行了,我苏东坡附体了,我不要,我不要啊。"我打算也试试。

这次重新搬到北京之后,我在有生之年不想再搬家了,除非发生大地震和大战争。文字打败时间,手写给人温暖。我握着我的笔,阿法王羲之,不服来战。

摄影 / 吕海强

一只玉鸟的悟空

我从三十岁出头的时候开始迷上古董,特别是古玉,一迷十几年,直到现在,如果阳寿允许,估计还会再迷很多年,直到老天让我去另一维空间。开始喜欢古玉的时候,我没动大脑,似乎凭简单的直觉就立刻从后脚跟到头顶心爱上了这类温润、滑腻、灵性盈盈的半透明的石头,仿佛在鸡鸡觉醒期,凭简单的直觉就立刻从后脚跟到头顶心迷恋上了温润、滑腻、灵性盈盈的半透明的姑娘。

喜欢一段时间之后,我理科生的毛病开始犯了,开始思考这种喜欢背后的动机、欲望、需求、激素、基因编码。我发现,爱玉非常符合金牛座贪财好色的天性。

爱玉因为爱财。我从三十岁到四十岁基本都在麦肯锡做管理咨询,公司规定很严,不能买卖和客户相关的股票,这个"相关"定义得非常宽泛:客户本身的股票不行,客户任何一个下级公司的股票不行,客户上级公司的股票不行,客户的客户以及供应商的股票也不行,客户竞争对手的股票也不行。在那段时间,麦肯锡在大中华区的人数还不多，我的工作涉及好几个行业，基本上我能看上的股票都不能买。后来我加入了我的一个客户，一个央企集团，业务范围涉及除了军火和文化之外的几乎一切领域，我负责战略，是集团下面六个上市公司的董事，公司律师和我谈话，给我看了看日历，告诫我，因为上市公司各种公告和监管要求，一年内我可以自由买卖公司股票的时间不会超过一周。我于是放弃，说，我过去在咨询公司就不能买卖股票，现在又有这么多限制，我就算了，我今生和股票无缘，就像我今生和各个阶段的班花无缘一样。我也知道，现金长期留在手里一定是亏，不能买卖股票，就买了一点房地产，但是房子多了太麻烦，每个都要配窗帘、马桶、洗衣机等一切世俗物件儿，就买了一些古玉。我是这样想的，古代已经过去了，所以古玉的供给量有限，只要世界基本和平，会有越来越多的人爱上古玉，所以古玉的价格至少能跑赢通货膨胀；而且古玉不需要特殊的存储条件，扔在柜子里就好了；并且还可以时不时拿出来摸摸、戴戴、用用，一边使用一边保值、增值。每每想到这儿，我这个金牛座就笑出了声儿来。

爱玉因为爱美。玉太美了，中国古美术的顶峰在高古玉和高古瓷，而高古瓷最高的境界还是"饶玉"，用瓷土和釉烧出不输玉器的美感来。我们从小缺乏美学教育，街上的建筑一个比一个丑、日用品一个比一个丑、人一个比一个丑，放几块文化期的碎玉在案头、床头、手头，时间长了，能弥补一下少年时代以及如今日常里的美感缺失。

爱玉因为爱历史。尽管中国有世界上最全的文字历史记录（《二十四史》《资治通鉴》等），但是总觉得光读文字不足以深入中国历史。第一，《二十四史》等断代史都是官修，在儒家赤裸裸的实用主义传统下，官修就难免粉饰和歪曲。第二，《资治通鉴》等通史往往以断代史为基础，断代史基础好的部分，通史就精彩；断代史基础不好的部分，通史也不精彩，连《资治通鉴》这么伟大的通史也逃不掉这个规律。第三，文字总是具有欺骗性，不如实物来得实在。白居易再费力气用文字描述杨贵妃的美丽，"芙蓉如面柳如眉"，也不如我看到一只唐代一级白玉的镯子更容易想到杨贵妃白玉一样、凝脂一样的胴体。

爱玉因为爱写作。写作说到底是写人性，作家说到底是挖掘人性的矿工。玉，欲；藏玉，藏欲。古玉真是体会人性的好东西，藏玉的过程往往触及人性的底层实质。古董这一行不禁骗。对于任何一件拍品，任何拍卖行都不保真、不保证到代，包括最知名的佳士得和苏富比。在过去买古玉的十几年里，我只遇到三四个眼力好的人，还有三四个眼力还行的人，其他都是假行家。而这三四个眼力好的人,因为屁股坐在不同的板凳上,出发点就不同,利益诉求就不同。同样的一块玉,给他们三四个人看,意见一致的时候也就一半,而另一半的时候,意见分歧很大。真伪辨别之后,还有价格:贵了?便宜了?贵多少?漏捡得有多大?即使用一个合适的价格得了一块爱不释手的老美玉,得失、聚散、伤残,仍然逃不出人性的桎梏。

前些日子心烦,周末在香港逛荷李活道,在一个买了五六年古玉的店里坐坐,店主像往常一样摆好软绒托盘,拿出十来块古玉,我眼睛一亮,按捺激动,问店主:"你推荐我买哪个?"店主的推荐和我激动的点一样,是块红山的玉佩,典型的红山黄玉,硬度好,油性好,局部红沁,玉佩表面宝光隐隐,主体是一只飞翔的大鸟,昂首,嘴上叼了一只小鸟,收足,爪子抓了一条鱼。大鸟似乎刚刚抓到一条鱼,衔了小鸟,要飞到一个安全舒服的地方,喂小鸟吃点鱼,自己也吃点。大鸟的眼睛里满满地都是收获的喜悦和替小鸟的满足。如果东西对,是能上收藏图录封面的东西。

我问店主,东西到不到代?店主当然说到代,还给了一个善价。买回去,拍了照片发给那三四个真懂的人,意见难得的一致,都说好。我用食醋简单泡了泡这个鱼鸟佩,去掉碱壳,洗干净之后，在光底下，玉鸟的表面比记忆中班花的脸秀润。连续七天，口袋里，书包里，我天天带着这只鸟，手没事儿的时候就摸着它，睡觉的时候也攥着。我坚信它比班花，甚至比杨贵妃的胴体都滑腻，尽管我没摸过班花的胴体，也没摸过杨贵妃的胴体。

到了第八个晚上，一整天会，两顿酒，累极了，回到住处，放了行李，洗把脸，脱了衣服，准备睡觉，一摸，那只鸟不见了。我的酒一下醒了，我把行李箱拆了，没有；我把全身衣服拆了，没有；我把房间拆了，没有；我沿着进房间的路，原路返回到下出租车的那块砖，没有。下出租车的时候，我没打小票，我弱智地问门卫："您还记得我那辆出租车的车牌号吗？"门卫用看智障的眼神看了我一眼，摇了摇头，喉咙里没说的话是：就算我是黄昏清兵卫，我的绝世武功也不是为了帮你记车号用的。我又把行李箱、衣服、房间找了一遍，还是没有。

我度过了一个非常清醒、哲学而又精疲力竭的夜晚，和初恋分手的第一晚也比这一晚好过很多。我思考了一晚上人性的核心议题。比如：我再去找一个，找一个更好的玉鸟。比如：没有得到，就没有失去，少了很多烦恼。无常是常，得到是短暂的、偶然的，失去是必然的、常态的。比如：没有一颗强大到浑蛋的心，就不能承受失去。人要了解自己是否足够浑蛋，如果不够浑蛋,就不去奢求。不想得到,就没有失去,就没有烦恼。比如:诸漏皆苦,不投入,不沉溺,没大爱就没大痛苦,就没烦恼。比如:进一步修行,跳出来看,那只玉鸟物质不灭、精光四射,捡到的人也会意识到是好东西,也会体会到拥有的快乐,所以,针对这只玉鸟,这个世界上快乐的总和不减。无我就无烦恼。再比如:拿起,放下,已经连续七天拥有这只玉鸟,够幸福了,该放下了,能放下,就没烦恼。"正是这种决定性的瞬间,能够玉汝于成。悟道。加油,太郎。悟道!"

我知道,这些领悟适用于这只玉鸟,也适用于班花和一切美好的事物。但是所有这些思考并没有什么实际效果,我醒来的时候,觉得比睡着之前还累。我洗把脸,阳光从窗帘缝隙间洒下来,那只玉鸟就安静地待在酒店书桌的一个角落,栖息在酒店的便笺上——应该是我脱裤子之前无意识地把它放到了最安全的地方。

二百九十四卷《资治通鉴》所用的所有汉语也无法尽述我在看到玉鸟一刹那的心情。在一刹那,如果我把那只玉鸟抓过来摔碎,我就成佛了。

实际发生的是,在一刹那,我找了根结实的绳儿,穿过玉鸟翅膀上面古老的打眼儿,把玉鸟牢牢地拴在我裤子的皮带扣上。

醒来,在路上

凯鲁亚克三十五岁出版的《在路上》是本奇书,这本书让他一辈子甚至几辈子都够了。只要人类社会还有书店存在,人类还读书,百年后、千年后,这本书还会立在书店的书架上,还会让文艺青年热血沸腾。这本书奇怪的地方是:没什么特别的人物,几个面目不清的不知道怎么活着才好的二逼青年;没什么特别的故事,几个二逼开了辆破车从纽约开到旧金山再开回来,一路上叨逼叨,找钱买汽油,钱富余一点就买酒买药,喝高了或者死活喝不高就去泡妞,偶尔泡妞还能挣到一些钱买汽油;没什么特别奇特的结构和遣词造句,一本流水账从东记到西,从西记到东,凯鲁亚克仗着咖啡、酒精、豆汤、香烟和药物三周内写完;尽管没有一切特别的地方,我还是一口气读完,然后又一口气再读了一遍,然后买了五本送人。

迷死人不偿命的是弥漫在文字间的那股邪魅气质:"The only people for me are the mad ones, the ones mad to live, mad to talk, mad to be saved, desirous of everything at the same time, the ones who never yawn or say a commonplace thing but burn, burn, burn like fabulous yellow roman candles exploding like spiders across the stars and in the middle you see the blue center light pop and everybody goes 'Awww!'"（对我而言，只有疯子才算得上是个人，疯着过、疯着说、疯着渴望被拯救，一时间渴望生命中的所有，从不厌倦、从不扯淡，只是折腾、折腾，像神奇的罗马蜡烛烟花一样折腾，蜘蛛般的微火爬过星星，蓝色花火在中途突然升腾，所有人都喊"哇！哇！牛逼哇！"）

这本《在路上》几乎和古龙所有的小说一起构成了在路上对我的极大诱惑：路上有疯子、美女、风景、酒、奇遇、诗句、秘籍、真理。

二十年来持续在路上，平均三天一飞，才发现在路上哪里有在家里宅着好。在路上，似乎一天没干什么都很累，古人创造个成语叫"鞍马劳顿"是有道理的。在路上，无数好时光耗在堵车、安检、等飞机起飞、办酒店手续上。夸张的时候，连续在路上一个月，闻到飞机上热飞机餐的味道直接做喷射状吐了；在酒店醒来，愣了一分钟，死活没想起来自己在哪个城市。在路上，到处是警察，路上看不到什么疯子，天然和人造的美女偶尔见，但是朝阳群众也到处有，不敢有任何非常举动，见得最多的风景是机场、酒店和写字楼,酒比家里的差很多,奇遇极少,奇葩倒是时常遇到,遇到后时常让我怀疑人类进化的完善程度,酒不好、奇葩多,诗句必然少,没有遇到过任何秘籍,一年有一两次似乎体会到了真理,感觉"桶底脱",但是这些对完善人类的进化没有任何作用。给我在路上终极诱惑的凯鲁亚克,四十七岁上路了;古龙,四十八岁上路了。

在路上的时间长了,我也积累了一些让自己舒服些的小技巧,罗列如下:

第一,要常备一个好箱子。四轮比两轮好用,尤其是对于身体核心肌群力量一般的人;箱子外侧有些兜儿比美美的、亮亮的、光光的、紧紧的那种好用,取放些证件等小东西要方便很多。旅行结束,箱子最好不必全部清空,下次要走之前再补充几件衣服就可以走,多次旅行积累下来,省很多时间。

第二,穿好飞行服。我几乎所有感冒都是因为在飞机上昏睡过去后受凉得的,穿戴好适合我自己的飞行服之后,就很少感冒了。飞行服的主体是件舒适的帽衫,棉和羊绒的都可以,最好厚一些,必须有帽子。特别累的时候或是冬天,加条大围巾。

第三,带着笔和本子。有点想法就随时记下来,不占脑子。

第四,带一两本书。别总是无穷尽地玩手机,反复看朋友圈有什么新东西、微博上有什么新闻。零星时间可以翻几页纸质书，看纸质书看到困再睡，睡眠质量好很多。

第五，到个新城市，如果时间允许，给自己两个小时逛逛当地最大的博物馆。多数博物馆都是当地精英尽力准备的，再差也不会差到哪里去。

第六，准备点 AV。放一点符合个人偏好的东瀛成人动作片在 U 盘里，备不时之需，安全、卫生、省时、省力。

第七，带点好的便携装茶叶、线香，带着喜欢的丢得起的茶盏、摸着心安的念珠或者碎玉。健康第一秘诀，多喝水，喝热水，喝好茶。精神再不振时，开瓶酒，茶盏也可以当酒杯。

第八，准备一副好耳机。我不听音乐，我得打电话。开电话会，普通带麦克风的有线耳机比蓝牙无线耳机实用，不用担心电池没电，不用担心手机和耳机连不上。

第九，带着跑鞋、速干 T 恤、短裤、泳裤和泳镜。肉身实在发紧，死摸念珠和美玉都没用的时候，换上衣服去街上跑跑或者去泳池游游，一个小时能让人快乐一两天。

第十，永远带着自己喜欢和熟悉的旅行盥洗套装。牙膏、牙刷、洗澡、洗头、洗脸、润肤，再放个指甲剪和鼻毛剪，以防指甲和鼻毛过长，出门吓着人。有时候，累到骨头痛，用自己喜欢的精油皂洗把脸，用自己喜欢的浴液洗个澡，喜欢的味道似乎会渗入骨头里，人会缓解很多；然后躺上床，争取做个梦，梦就有了熟悉的香气，延绵不绝，春风十里。

醒来，就又得在路上了。

摄影 / 吕海强

山是山
水是水
我是我

靠天堂最近的地方

我从小喜欢读书,这与远大理想和父母督促等都毫无关系。

我从小较真儿,比如老师鼓舞我们说,为中华之崛起而读书,我会一直问,怎么定义崛起?读什么书?中华崛起和我读你说的那些书有什么必然关系?还没等我问完,老师就不搭理我了。我父母很少读书,我爸关心大自然,特别是大自然里能吃的东西,他能叫出水里所有鱼的名字。我妈关心人类,特别是邻里亲戚之间的凶杀和色情,她了然方圆十里所有的男女八卦。即便是后来我写的小说出版了,再版了,得奖了,另几本小说也出版了,我父母都不看。我爸说,看不下去,没劲,没写鱼。我妈说,还是不看了,保持一下对你残留不多的美好印象,再说,能写成啥样啊?不就是那点搂搂抱抱摸摸××的屁事儿吗?还能写出花?

我从小喜欢读书全是因为那时候没任何其他有意思的事可干。我生于二十世纪七十年代初,我们是最后一代需要主动"杀时间"的人:没手机、没电脑、没电影、没电视剧、没游戏厅、没夜总会、没旱冰场、没保龄球。我又对体育没任何兴趣,上街打架又基本是被打。只剩下读书，于是读书。尽管那时候可以读的书种类不多，但是已经能看到李白说"暮从碧山下，山月随人归"，已经能看到《诗经》讲"知我者谓我心忧，不知我者谓我何求"。

我那时候的小学和中学有图书馆吗？我不记得了，很可能没有。街面上似乎有图书馆，一个区似乎有一两个，每个图书馆最热闹的是报刊栏，一堆老头老太太站在报刊栏前面看当天的《人民日报》《光明日报》《解放日报》，等等。各种不同的报纸上，百分之七八十的内容是一样的，老头老太太们还是从头读到尾。有一次我试图进入一个图书馆，里面当班的人被吓了一跳，以为我是来偷啥的坏孩子。我问，能借书吗？她说，不能。我问，能进书库随便看看吗？她说，不能。我问，为什么？她说，你借书，我怎么能保证你一定能还？再说，不符合规定。你进书库，我怎么能保证你能爱护图书且不偷书而且不撕掉几页拿走？再说，不符合规定。我问，那你是干什么的呢？她说，我是看着像你这样的人的。

北京有些街上的确有号称藏书众多的图书馆，比如北海公园西边有国家图书馆老馆，比如中关村南大街有国家图书馆新馆。我听说北京图书馆里有宋版书、元版书、外版书、完全没删节的

《金瓶梅》。我连尝试进去都没尝试过,我听说看《金瓶梅》要单位介绍信,说明借阅的充分理由,如果介绍信被看出来是假的,图书管理员身后就会立刻蹿出来两个警察。

第一次体会到图书馆的美好是在北大。北大图书馆离我住的28楼不远,早点儿去,如果运气好,能有个靠窗的座儿,层高很高,有淡淡的男生的球鞋味儿,也有淡淡的女生的雪花膏味儿和洗发水味儿。窗外是很多很高大的白杨树,是很大很绿的草地,是草地上一些弹吉他唱歌的男女,每个人的眼睛都是全世界最蒙眬、最忧伤的。七八页书看过,人一阵恍惚,掉进书里,周围的人消失,周围的墙消失,周围的窗户全部打开,周围的一切变软,从固体变成液体再变成空气,混沌在周围,不知今夕何夕。时间变得很浅,一个恍惚,又憋得不能不去撒尿了;一个恍惚,又饿得不得不去吃饭了;一个恍惚,日落月升,宿舍、图书馆要锁门熄灯了;一个恍惚,白杨树的叶子落光了,草地忽然黄了。

协和有三宝:病历、老教授、图书馆。大量完整的病历非常方便做临床研究,提示某几种现象之间的联系有多强。而且,非常满足好奇心,比如张学良不穿内增高鞋的净高有多高,比如某天后怀孕了几次、生了几次。榜样的力量是无穷的,老教授是最实在的榜样。这些不爱睡觉的老人家早上七点已经在病房开始查房了，我们不好意思早上七点才起。有了在北大培养起的对图书馆的热爱，协和五号院北侧的两层小楼就是又一个可以不知今夕何夕的洞穴。从两百年前的原版医书到两周前的原版期刊，都有，一边看一边感叹：人类早就能把人送上月球了，但还是不知道人到底是个什么东西；人类早就知道了人的一些共同特征，比如男人的左睾丸比右睾丸低，更靠近脚面，但还是不知道这些共同特征到底是为了什么。

十六年前，我去美国读MBA。十六年后，我去美国休个长假。中间这十几年，事冗时仄，只有两种运动：开会、喝应酬酒，读书都在厕上、枕上、车上、飞机上，把包里的Kindle勉强算作图书馆。长假中，不设手机闹铃叫醒，在风铃声中自然醒来，忽然想到，可以再捡起多年前的爱好，再去泡泡你——图书馆。

开车去距离住处最近的UC Davis，据说是世界上农业科学最强的大学。靠近校园，有大片实验性农田和果园，但是没臭味。地上三层、地下一层，不需要证件，不需要存包，没人盘问，我就大摇大摆地进了UC Davis的图书馆，在地下一层的一个角落坐下，中庭泻下光芒，松树很老，草地很嫩，人很少，一切很静。人走路、人轻轻搬开凳子、人掏出钥匙、人挪挪屁股，都发出大得吓人的声音。坐下，吸口气，一鼻子纸张和油墨的味道。站起，朝旁边近期期刊的架子间逛了逛,新一期《时代周刊》的封面是普京,题目是"第二次冷战",新一期《麻省评论》的封面是卡夫卡,新一期《当代作家评论》的封面是李敬泽,新一期台湾《XX研究院历史语言研究所集刊》的第一篇文章题目是"《灵枢》九宫八风名及相关问题研究"。

看书看到被尿意憋醒,去一层上洗手间。我沿着宽大的楼梯往上走、往上看,明晃晃的阳光、一架架的纸质书,每本纸质书仿佛一个骨灰盒,每个骨灰盒里一个不死、不同、不吵的人类的灵魂,进进出出,自由自在,无始无终,一副人间天堂的样子。

整个人都好了。

一间自己的书房

一年前,我把散在各处的东西集中到我在北京南城的出生地,看着装在百来个纸箱里的书,我忽然意识到,尽管读了四十多年的书,我似乎从来没有一个自己的书房。最早是挤父母的房子,然后是住宿舍,然后是住各种酒店。有自己的房子之后,各处出差,事儿多时间少,也没认真收拾出一个给自己的书房。

我习惯性地总和年长我十多岁的老哥哥们喝酒聊天,把他们当成灯塔,提示生活的方向。超级热爱妇女的时候,我问他们如何管理性欲;看美女开始心旌不乱摇的时候,我问他们如何管理衰老。一个老哥反问我:"你十岁前最喜欢干的三件事儿是什么?"我一边想一边答:"我喜欢看书,我喜欢随便写点什么,我喜欢喝得晕晕地和好玩儿的人聊聊。"我小时候,大人常常偷偷给小孩儿酒喝,似乎是种最安全的犯法违纪。这个老哥儿说:"你老了之后,就再多看看书,再多随便写点什么,再多喝多蛋逼,你就会有个幸福的晚年。你总强调你贪财好色,你的贪财会随着你的修行而消散,你的好色会随着你的衰老而解脱。"

出生地附近的这个房子相对大，我决定认真收拾出一间书房，在里面，看看书，随便写点什么，喝口儿，"掩书余味在胸中"。

第一，书房要有个名儿，这个名儿要用很黑很浓的大毛笔字写出来。我有几个备选：不二堂、书窠、淫书、时间。

第二，书房要有些书法，大大小小，散漫在空间里。不要复制品，和真迹相比，复制品失去了一些不易察觉但是至关重要的信息。看得上的古代文人墨迹都已经比房子还贵了，我找点我的文字英雄的手迹，东求西求，有一页艾青的，有半页王小波的，我还拉李敬泽兄给我写了张岱的文章题目："一世界的热闹，一个人的梦。"我还想找点儿和尚的墨迹，我买了一些荒木经惟的大字，还打算买一点井上有一的单字，我还打算自己写一点一休宗纯写过的句子："一夜杏花雨，满城流水香。""风狂狂客起狂风，来往淫坊酒肆中。"

第三，书房要有窗，窗外近处有花、远处有树。花和树放在窗子里看，特别好看。花浓树重的时候，映书皆明；花残树简的时候，涤心皆凛。喜鹊在树杈筑巢，从各处衔来长短不等的枝条。喜鹊一根根搭建，我一段段写，它的巢筑完了，我的小说写完了。尽管我不知道这两者的关系，但我确定这两者一定有某种关系。

第四，书房要有零星植物。拿个宋元的龙泉窑或金元的钧窑完整花器装新鲜的花朵，拿个残器装残荷，北方菖蒲难养，有些兰草反而好养，一周浇一次水，就能活得很好。

第五，书房要有点桌椅。不用太多，一张桌子和一把椅子，最多两把椅子。桌子要大，可以堆两三堆书，可以同时摊开，对照、参考，比如读《资治通鉴》时同时打开某部《二十四史》和某册《中国历史地图集》。椅子要硬木明式的，长期坐着，坐在木头上比坐在塑料化纤上更舒服，也更容易正襟危坐，带着浩然之气去读、去写、去思考。

第六，书房要有床，一张小单人床就好。午饭之后，读三五页书，浑然入睡，昏然醒来，一天神清气爽，读书、写作有如神助。

第七，书房要有个旧中药柜。一对，每个上下左右七排斗，一斗三格，可以收纳现代生活中的各类小件杂物，比如充电器、U盘、证件，等等。

第八，书房要有个小音箱，无源，主要用来开电话会，偶尔用来听听民谣。

第九，书房要有茶有酒。茶提神，酒通幽。不用设茶席，有个保温杯，有个直径九厘米左右的小建盏就好。不用放红酒柜，开瓶威士忌就好，个把月不会坏，一个人慢慢喝，酒杯可用小建盏兼。

第十，书房要有笔墨纸砚。唐宋石砚一大、一小，兼顾写大字和写小字的需求，读写累了，酒喝多了，写写毛笔字，热气徐徐从十指而出。

第十一，书房要有点古董，养眼、养手、养心。找个紫檀托盘，放几枚红山和龙山碎玉、珊瑚和沉香念珠，眼望悦目，手摸凝神。很多精神其实依附在器物上，眼望手摸古器物，追三代遗风，如面见上古先贤；格物致知，补经传阙亡，正腐儒谬误。

第十二，书房要有书，很多很多书。所有空的墙上都装书架，所有书架都放上书。尽管已经明白，人生有涯，不可能读尽天下书，至今还没怎么涉猎的领域，估计余生里也不会很深地涉猎了，但是在已经涉猎的领域会越探求越深入，相关的书也会越积越多。

在之后的半年里，我会按照上面的标准，用零散的时间把书房收拾出来，然后没事儿就泡在里面，不知斗转星移、春去秋来、老之将至。

天堂其实不是图书馆的样子，是书房的样子。

无所畏

渡己渡人

肆

天用云作字

在此刻,天用云作字。
在未来某处,在未来某刻,
天也用我作字,
用我的手蘸着墨作字。

摄影／黎晓亮

你对我微笑不语

三十年前,在我上学的时候,泰戈尔可红了:一是因为他的诗文被收录到中学课本,考试常常会考到;二是因为他的文章被冰心、徐志摩、郑振铎等民国文人翻译和赞颂,那时的文人似乎更文艺。但是有了电脑、有了手机之后,特别是智能手机普及之后,看书的人越来越少,文艺青年越来越受歧视,诗人越来越像个骂人的称谓,他的知名度相对降低了不少。

二〇一五年年底,我翻译的《飞鸟集》出版接近半年之后,泰戈尔的名字因为我这本翻译书又热闹了起来。我真不是很清楚最开始是怎么回事。我记得最早看到的一篇是《王小波十五岁便明白的道理,冯唐四十四岁还没想明白》,大概吐槽点是王小波在小时候听哥哥念到查良铮先生的翻译,"我爱你,彼得兴建的大城,我爱你严肃整齐的面容,涅瓦河的流水多么庄严"等,觉得这是好的中文,而我四十四岁了;还不觉得郑振铎翻译的是好中文。我只是笑了笑,不知道写这篇文章的作者多大岁数、小时候看什么中文长大的,我心里想的是,我一直没培养出从翻译作品中学习汉语的习惯，我学习汉语的材料是《诗经》《史记》《资治通鉴》、历朝笔记、唐诗、宋词、元曲、明清时调。

隔了三天，别人转给我另一篇《冯唐翻译了〈飞鸟集〉，于是泰戈尔就变成了郭敬明》，我还是没当回事儿，也没在意。这种句式听上去气派，但是用的人很可能也没读过泰戈尔的原文、我的翻译，很可能也没读过多少郭敬明的文章。

再过几天，舆论就变得令人拍案惊奇了，出现很多类似如下的题目：《冯唐入围文学翻译最高奖，〈飞鸟集〉震惊世界文坛》《冯唐的译风逾越了翻译的底线》《当黑冯唐成为文艺圈儿的一次狂欢》《冯唐一译诗，泰戈尔两行泪》。也有打抱不平的文章，比如《你为什么只看到裤裆》等；也有阴谋论的文章，比如《一次莫名其妙的下架：一本没多少人读的书，怎么危害孩子们》等；也有觉得小题大做了的文章，比如《〈飞鸟集〉下架，才是糟蹋〈飞鸟集〉的最佳方式》。

再之后就更离谱了，有些文章的题目是《冯唐翻译泰戈尔惹大祸，印度网友说马上绞死他》。再之后就是印度媒体派来使者，约我喝咖啡，聊了一个小时，试图和我一起分析，到底怎么了？

我翻译《飞鸟集》的初心是想借翻译一本东方先贤的极简诗集安静下来。在我一心向学之后，二〇一四年七月之前，我一直忙碌，总觉得书读不完，要加紧；事儿做不完，要加紧；人见不完，要加紧。二〇一四年七月我辞职，飞到加州湾区待着，我想我需要学点我不会的东西，比如慢下来、安静下来。人总是要死的，忙是死，慢也是死，我忙了三十年，我试试慢上三个月。

我选《飞鸟集》的原因也简单：泰戈尔是亚洲第一个得诺贝尔文学奖的人，他的文章是我小时候爱读的；《飞鸟集》字数很少，但是意思很深。

翻译《飞鸟集》的三个月是我人生中最美好的一段时光。我租了一个靠近纳帕溪谷的房子，房子很破旧，院子很大，草木丰美，虫鸟出没，风来来去去，风铃叮叮当当。三个月，一百瓶酒，三百二十六首诗，八千字。有时候，一天只能翻定几个字，"僧推月下门"还是"僧敲月下门"？推敲之后，饮酒，饮酒之后发呆，看天光在酒杯里一点点消失，心里的诗满满的，"她期待的脸萦绕我的梦，雨落进夜的城"。

翻译《飞鸟集》之后，我对泰戈尔的印象有显著改变。他不像民国文人翻译得那么小清新，骨子里有种强大的东方智慧的力量："我感恩，我不是权力的车轮，我只是被车轮碾碎的某个鲜活的人。"《飞鸟集》并不是一本儿童读物，泰戈尔写作这本诗集时已经五十多岁了，儿童很难理解这些诗里的苦。如果不是过去三年的遭遇，我自己也很难真正理解："斧头向树借把儿，树给了它。"他比我想象中更热爱妇女："我不知道，这心为什么在寂寞中枯焦。为了那些细小的需要，从没说要，从不明了，总想忘掉。"他在世间万物中看到神奇："你的声音，在我心上。低低的海声，在倾听的松。"

总结归纳争议，批评的声音集中于三点：

第一，篡改了泰戈尔的原意。我不想争论到底谁更理解他的原意，我想争论的是我有自己理解泰戈尔原意的自由，我有在我自己的翻译中表达我自己的理解的自由。从另一个层面来讲，院中竹、眼中竹、心中竹、脑中竹、手下画出的竹子、观者眼中的竹子都不尽相同，泰戈尔自己翻译成英文的《飞鸟集》和他的孟加拉文的诗也不尽相同，哪个又是他的原意呢？"院子里有两棵树。一棵是枣树，另一棵也是枣树。"鲁迅的原意是什么呢？

第二，玷污了泰戈尔的纯洁。批评的声音在三百二十六首诗中挑出来三首，三首中挑出了三个词，三个词一共五个字，为这五个字，堆了几十吨口水。这五个字是："裤裆""挺骚""哒"。我不想争论这五个字是否真的不雅，我想争论的是我有使用甚至创造我自己汉语体系的自由。我不想争论的是我的翻译和郑振铎的翻译谁更好，我不想争论我的翻译风格是否逾越了翻译的底线，我想争论的是我,所以我只能用我的词汇体系。在我的词汇体系里,这三个词、五个字纯洁如处女、朗月、清风。

第三,借泰戈尔炒作。我厌恶一切阴谋论。我厌恶以恶意度人,哪怕有些人的确是心怀恶意。生命很短,善意度人也是一辈子,恶意度人也是一辈子,我觉得还是用第一种方式度过生命比较愉快。

我想着在天上的泰戈尔,"你对我微笑不语"。

天用云作字

摄影/吕海强

此地无尘事

空不是空
色就是色

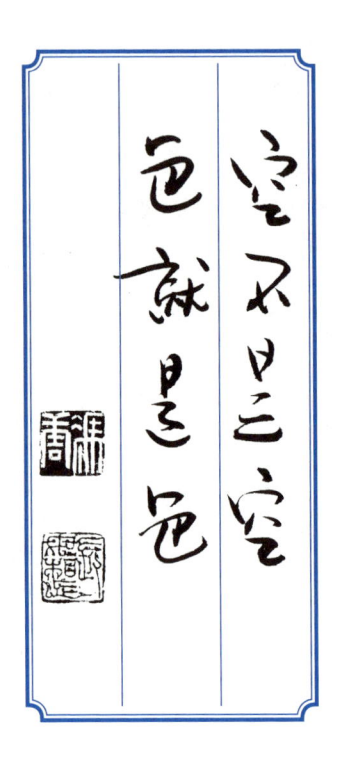

小小的一个人

1

一九一八年十月五日,周作人在日记里写道:"我特别记得是陶孟和主编的这一回,我送去一篇译稿,是日本江马修的小说,题目是'小的一个人',无论怎么都总是译不好,陶君给我添了一个字,改作'小小的一个人',这个我至今不能忘记,真可以说是'一字师'了。"

不知道为什么,我四十五岁之后,总想好好写写周作人,似乎他身上藏着中国近现代史的巨大秘密,藏着中国文人心性的巨大秘密。不知道为什么,我总觉得,写周作人,没有比"小小的一个人"更好的题目了。

2

周作人是一个没有排名的人。

有时候,我们崇尚"第一、唯一、最"。权威的排名一旦形成,我们就崇拜到底。武将有排名:一吕二赵三典韦,四关五马六张飞。文人也有排名：鲁（迅）郭（沫若）茅（盾）巴（金）老（舍）曹（禺）。

别问我这些排名是怎么形成的，我也不知道。我比较确定，这些排名都没什么精当的评分系统，都有明显的倾向性和功利性。周作人在一九四六年五月就已经被国民党政府定为"汉奸"，无论何时，我几乎确定，涉及文人的排名，怎么排也排不上周作人。

我小时候也迷信排名。五年级的时候，第一次买文人的全集，买的就是《鲁迅全集》，鲁迅排名第一啊。我小时候也迷过鲁迅，立意刻薄快意，用字阴郁悲切，适合心怀大恶、充满颠覆世界的理想的年轻人。四十岁之后再想，五百年后，人们还读的鲁迅文字一定不是那些撕逼的杂文和论文一样立意先行的短篇小说，一定是《朝花夕拾》《故事新编》和《中国小说史略》等几种脱开即时性的著述。

我确定，五百年后，看周作人文字的人要明显多于看鲁迅文字的人。文字不朽和文人排名没什么必然的关系。

3

周作人是一个没有金句的人。

对于文艺青年来说，周作人是个非常不讨喜的人，他完全没有金句。也就是说,即使大家知道有过这样一个人名,鲁迅有过这样一个弟弟,但是大家完全想不起来,周作人写过哪个句子,最多能想起来几个杂文集的名字,比如《雨天的书》《自己的园地》等。

董桥有金句:"中美知识产权谈判桌上半途换她出任团长,几下招式立刻成了铁娘子,全世界看到的是这个女人胸中一片竹林,满身竖起利刺,谈吐亮情趣。"(摘自《吴仪胸中那片竹林》)

木心有金句:"车、马、邮件都慢,一生只够爱一个人。"(摘自《从前慢》)

张枣有金句:"只要想起一生中后悔的事,梅花就落满了南山。"(摘自《镜中》)

鲁迅也有金句:"我家门前有两棵树,一棵是枣树,另一棵也是枣树。"(摘自《野草》)

周作人不仅没有金句,似乎连名篇都没有,仿佛一个不能分割的存在。格非没金句,但是格非有《相遇》。阿城没金句,但是阿城有《棋王》。余华没金句,但是余华有《鲜血梅花》。

我被一个自己也写杂文、写小说的骨灰级文艺青年问过:"你爱周作人,我捏着鼻子看了两个半本,到底哪点好啊?"我想来想去,不知道如何讲,就像不知道如何讲黑不溜秋的宋代建盏的好处，只能说，你耐心再看看，再看看，再看看。

4

周作人是一个对家事不辩解的人。

用现代心理学来讲，自责是负能量最大的一种情绪。所以，几乎所有人都自我开脱，特别是有一定话语权的人。周作人一生里至少有两件事值得他仔细辩解：一是和他哥哥鲁迅不和；二是为日伪政权服务。我几乎翻过周作人所有的书，他没有正面辩解一次。

对于兄弟反目，鲁迅是这样写的："是夜始改在自室吃饭，自具一肴，此可记也。""下午往八道湾宅取书及什器，比进西厢，启孟及其妻突出骂詈殴打，又以电话招重久及张凤举、徐耀辰来，其妻向之述我罪状，多秽语，凡捏造未圆处，则启孟救正之，然终取书、器而出。"周作人是这样写的："鲁迅先生：我昨天才知道——但过去的事不必再说了。我不是基督徒，却幸而尚能担受得起，也不想责谁——大家都是可怜的人。我以前的蔷薇的梦原来是虚幻，现在所见的或者才是真的人生。我想订正我的思想，重新入新的生活。以后请不要再到后边院子里来，没有别的话。愿你安心，自重。七月十八日，作人。"

周作人自己阐述过不辩解的原因："我们回想起以前读过的古文，只有杨恽的《报孙会宗书》、嵇康的《与山涛绝交书》，文章实在写得很好，都因此招到非命的死，乃是笔祸史的资料，却记不起有一篇辩解文，能够达到息事宁人的目的的。"

周作人自己坚定地认为："鲁迅的《伤逝》不是普通恋爱小说，乃是假借了男女的死亡来哀悼兄弟恩情的断绝的。"

周作人反复引用：倪元镇为张士信所窘辱，绝口不言，或问之，元镇曰："一说便俗。"之后，关于鲁迅的一切，周作人都尽量回避，甚至包括鲁迅的死。关于鲁迅的死，周作人写的是他和鲁迅共同的母亲鲁老太太："我还记得在鲁迅去世的时候，上海来电报通知我，等我去告诉她知道，我一时觉得没有办法，便往北平图书馆找宋紫佩，先告诉了他，要他一同前去。去了觉得不好就说，就那么经过了好些工夫，这才把要说的话说了出来，看情形没有什么，两个人才放了心。她却说道：'我早有点料到了，你们两个人同来，不像是寻常的事情，而且是那样延迟尽管说些不要紧的话，愈加叫我猜着是为老大的事来的了。'"

5

一九四九年，国民政府塌台，关了三年的周作人被放出来，只写了二十八个字，一首诗："一千一百五十日，且作浮屠学闭关，今日出门桥上望，菰蒲零落满溪间。"

6

周作人是一个好吃的人。

周作人和其他老一辈艺术家不一样，周作人不是一个好色的人。通常，艺术就是色情，艺术家好色，大艺术家特别好色，周作人却一点也不。好在周作人还好吃、爱古董，否则就更难解释他的艺术成就了。

周作人八十岁前后时写《知堂回想录》，充满了对各种吃食的口水。在兵荒马乱的路上，记得"路菜"："最重要的是所谓的'汤料'，这都（是由）好吃的东西配合而成，如香菇、虾米、玉堂菜（京冬菜），还有一种叫作'麻雀脚'的，乃是淡竹笋上嫩枝的笋干，晒干了好像鸟爪似的。"考场上，记得吃食："这一天的食粮原应由本人自备，有的只带些干粮就满足了，如松子糕、枣子糕、红绫饼等，也有半湿的茯苓糕，还有咸的茶叶鸡子，也有带些年糕薄片。"在学校里，记得吃食："早晨吃了两碗稀饭，到十点下课,往往肚里饿得咕噜噜地叫,叫听差到学堂门口买两个铜圆山东烧饼,一个铜圆麻油辣酱和醋,拿着烧饼蘸着吃,吃得又香又辣,又酸又点饥,真比山珍海味还鲜。"到了北京,就是对北京以饮食为代表的粗鄙生活的无情嘲讽:"说到北京的名物,那时我们这些穷学生实在谁也没有享受到什么。我们只在煤市街的一处酒家,吃过一回便饭,问有什么菜,答说连鱼都有,可见那时候活鱼是怎么难得而可贵了。"

我觉得写北京最深刻的一句话是周作人写的:"我在北京彷徨了十年,终未曾吃到好点心。"我生在北京、长在北京,在北京待了接近三十年,我常常纳闷,这样一个草木丰美、山水俊逸、历史悠长的地方,怎么就这么不讲究呢?

我相信周作人在饮食上的真诚,而且在很大程度上猜想,在民国时代,江浙的饮食水平极其高,甚至世界领先。佐证是周作人对日本餐饮的最高评价就是和家乡相似:"有些东西可以与故乡的什么相比,有些又即是中国某处的什么,这样一想就很有意思。如味噌汁与干菜汤,金山寺味噌与豆板酱,福神渍与酱咯哒,牛蒡独活与芦笋,盐鲑与鰶鲞,皆相似的食物也。"

今天的日本是美食的集中地,东京是世界上米其林三星餐厅数目最多的城市。"二战"前日本的餐饮应该也不会差到哪里去吧？如此想来，十九世纪末二十世纪初，江浙一带的吃食得多好吃啊！

7

周作人是一个蹩脚的诗人。

周作人写的白话诗是这个样子的：

雪愈下愈大了，
上下左右都是滚滚的香粉一般的白雪。
在这中间，好像白浪中漂着两个蚂蚁。
他们两人还只是扫个不歇。
祝福你扫雪的人！
我从清早起，在雪地里行走，不得不谢谢你。

好在民国白话诗整体水平不高，让周作人的白话诗不至于显得差得离谱。

周作人写得最好的旧体诗是这个样子的：

五十自寿诗

之一

前世出家今在家,不将袍子换袈裟。
街头终日听谈鬼,窗下通年学画蛇。
老去无端玩骨董,闲来随分种胡麻。
旁人若问其中意,且到寒斋吃苦茶。

之二

半是儒家半释家,光头更不著袈裟。
中年意趣窗前草,外道生涯洞里蛇。
徒羡低头咬大蒜,未妨拍桌拾芝麻。
谈狐说鬼寻常事,只欠工夫吃讲茶。

我喜欢周作人五十岁生日时的心态:不管世事如何,在家出家、玩古董、儒释混杂、看草、咬蒜、说鬼、吃茶。

8

周作人是一个平实地描述了民国的人。

细细想来，周作人是最适合写民国的人，而且他也真的写了，还写了好多。

周作人生在晚清，长于民国，死于"文革"，活了八十二岁。他在私塾学的国文，之后因缘际会，精通日文、希腊文、英文，粗通俄文、德文、法文、世界语、梵文。他专业学的是工科，鱼雷、轮机等舰船操作，养活自己靠的是写作、翻译和教书。他生在浙江，后来北上南京、上海、北京，留学日本，再回国，再在北京待了很久，后来死在北京。如此古今中外文理兼修，东南西北到处走过，还娶了日本老婆，还坐过牢，还有个极其了不起的哥哥，还活得长，还写得多，在民国人物里，我找不出第二个了。

周作人笔下的民国教育是：在私塾先生的棍棒殴打之下学习《大学》《中庸》《论语》《孟子》《诗经》。从十三岁开始记日记，日记里开始记录的都是读《壶天录》《读史探骊录》《淞隐漫录》《阅微草堂笔记》《徐霞客游记》，等等。考试的题目是，"问，孟子曰我四十不动心，又曰吾善养吾浩然之气，平时用功，此心此气究竟如何分别，如何相通，试详言之"，又如"问，秦易封建为郡县，衰世之制也，何以后世沿之，至今不改，试申其义"。都说万恶的旧社会迂腐陈旧，但是如果少年人在二十岁前能读通这类书，能独立思考回答好这类问题，这样的教育绝不能说是失败。

周作人笔下的民国革命是:"原来徐伯荪的革命计划是在东湖开始的,不,这还说不到什么革命,简直是不折不扣的'作乱',便是预备'造反',占据绍兴,即使'占据一天也好',这是当日和他同谋的唯一的密友亲口告诉我说的。当初想到的是要纠集豪杰来起义,第一要紧的是要筹集经费,既然没有地方可抢劫,他们便计划来拦路抢夺钱店的送现款的船只。"这个徐伯荪就是不久之后刺杀安徽巡抚恩铭的徐锡麟。起义四个小时后被镇压,徐锡麟第二天被杀,心肝被恩铭的卫兵炒了吃了。

周作人笔下的日本是:"这印象很是平常,可是也很深,因为我在这以后五十年来一直没有什么变更或是修正。简单的一句,是在它生活上的爱好天然,与崇尚简素。"我看过很多说日本文化的书,周作人这句似乎平淡无奇的话总结得最好。

尽管周作人非常了解日本,他还是有巨大的疑问:"日本人爱美,这在文学艺术以及衣食住种种形式上都可看出,不知道为什么在对中国的行动却显得那么不怕丑。日本人又是很巧的,工艺美术都可做证,行动上却又是那么拙。日本人爱洁净,到处澡堂为别国所无,但是行动上又那么脏,有时候卑劣得叫人恶心。"

周作人笔下的北京是,公开表演的京戏还有严重淫亵的成分,

"我记不清是在中和园或广德楼的哪一处了，也记不得戏名，可是仿佛是一出《水浒传》里的偷情戏吧，台上挂起帐子来，帐子乱动着，而且里面伸出一条白腿来，还有一场是丫鬟伴送小姐去会情人，自己在窗外窃听，一面实行着自慰"。

生活和工作过的地方遍及北京的东南西北：宣武的补树书屋，后海附近的八道湾胡同，西城的砖塔胡同，城中心的沙滩，崇文门内的盔甲厂，海淀的勺园。往来的北京文化人里星光灿烂：陈独秀、胡适、李大钊、刘半农、钱玄同、陶孟和，等等。有超级自负的，在师范大学教大一国文，第一篇选的是韩愈的《进学解》，从第二篇到最后一篇选的都是自己的文章。也有爱招摇的，洋车上装四盏灯，在那时的北京没有第二辆，如果路上遇到四盏灯的洋车，就是这个人正在开心地前往"八大胡同"的路上。这些人也先后死去，"中年之后丧朋友是很可悲的事，有如古书，少一部就少一部"。老朋友死了，周作人常送挽联，他的挽联比他的诗写得好。

周作人笔下的物价是，一九三一年翻译了四万字古希腊文，编译委员会主任胡适给了四百块翻译费，"花了三百六十元买得北京西郊板井村的一块坟地，只有二亩地却带着三间房屋，后来房子倒塌了，坟地至今还在，先后埋葬了我的末女若子、侄儿丰三和我的母亲。这是我的学希腊文的好纪念了"。

其实，周作人对写作的意义和方式是有深入思考的，不是为了琐屑而琐屑、为了平而平、为了淡而淡。比如谈写作的对象："我不信世上有一部经典，可以千百年来当人类的教训的，只有记载生物的生活现象的学问，才可供我们参考，定人类行为的标准。"比如谈写作风格："我写文章平常所最为羡慕的有两派，其一是平淡自然，一点都没有做作，说得恰到好处；其二是深刻泼辣，抓到事件的核心，仿佛把指甲狠狠地掐进肉里去。"周作人写的那些花花草草、杯杯盏盏倒是从一个侧面构成了中国真实的二十世纪上半截，至少是一个有知识、有见识、有趣味的人提示的一个明确的角度。我一直怀疑所有新闻和历史著作的真实性，因为它们和权力离得太近、受写作者的主观影响太大。我更愿意相信文学的真实，它毕竟是一个心灵竭尽心力地对于世界的描述，多看几个、几十个、几百个，这个世界就逐渐丰富和真实了。唐有诗，宋有词，元有曲，明有《金瓶梅》，清有《肉蒲团》《红楼梦》，民国幸亏有他的杂文、老舍的小说和钱锺书的《围城》，一九四九年后和"文革"幸亏有王小波、阿城的小说和杨绛的《洗澡》，否则真不太容易知道那时候的日子是怎么过的。

可惜的是，一九四九年之后到去世之前，周作人以翻译和回忆为主，很少写眼前的社会和生活了，否则真值得好好看看。

9

周作人是一个闲不住的人。

周作人在世八十二年，前半生著述不断，结集近四十种。后半生翻译不断，出版近二十余种，以一己之力，构筑了日本古典文学和古希腊文学的中文翻译基础。

10

周作人是一个死因不明的人。

我没查到周作人到底是怎么死的，查到了他死前的一些事实，罗列如下："一九六六年五月，'文革'开始。一九六六年六月，人民文学出版社不再给周作人预付稿费。一九六六年八月二日，周作人被红卫兵查封了家，并遭到皮带、棍子殴打。其后周作人两次写了短文让儿媳交给当地派出所，以求服用安眠药安乐死，无音信。一九六七年五月六日，去世，享年八十二岁。"

我听说，经历过"文革"的大文人很多都不愿意出全集，因为他们在"文革"期间发表了一些底裤全无的文字。周作人或许是唯一的例外。

"月夜看灯才一梦,雨窗欹枕更何人?"

天用云作字

把美一点点找回来

听说，唐宋的中国依稀在日本，明代的中国依稀在韩国，清代的中国依稀在中国香港，现在的中国在现在的中国。可是，从审美上来讲，我们的现在中国和旧时中国的关系是什么？

不用听说，我感觉得到。我们的现在中国的知识教育远远强于技能教育，工科教育远远强于理科教育，理科教育远远强于文科教育，文科教育远远强于常识教育，常识教育远远强于美学教育。我们只认得奖、出名、挣钱等成功的硬指标，不理解拿瓶啤酒坐在操场边上看半个小时夕阳等每天做一件让自己开心的事儿也是成功不可或缺的组成部分。

如今的审美一塌糊涂。站在任何一个城市中心广场，放眼四望，你就知道我们的审美差到了什么程度。如果我们的城市建设者能背一百首唐诗，能写蔡襄、米芾那样的行草，能常去博物馆逛逛，我们的建筑绝不会如此难看。

公元一二七九年，宋和元之间最后一场有规模的战争发生在广东南部崖山边的海上。宋军在海上"棋结巨舰千余艘，中舻外舳贯以大索，四周起楼棚如城堞，居昺其中"。

整个中国，能纵马而至的地上的宋城都是大元的了，最后一座宋城在海上摇晃。宋代最后一个皇帝赵昺在过去的岁月中习惯了逆来顺受、无常是常，在此城中不知道该想什么或者不想什么，百无聊赖，所以决定一动不动。宋兵统帅张世杰手上最后一点精锐的宋兵也疲惫得一动不动了，连投降的心思都没力气动了。一城、一城丢到最后这一城，士兵们暗暗期待着砍过自己脖颈的清凉的蒙古刀，痛快地了断比持续的失败和逃亡似乎更痛快。

张世杰早上还是弄茶给自己喝，多年的习惯了。多年下来，一直用的建窑兔毫盏也成了清早双手触觉的必需品。宋徽宗赵佶说，盏色贵青黑，玉毫条达者为上。张世杰花了很多工夫按从前圣上定的标准找这只盏，找到之后就没离过身边，摸的时间长了，盏的外侧远远看去像蒙了一层幽幽的宝光。最后的城没了，茶也就没得喝了，这只盏会去哪里？投降也改变不了什么，城外的蒙古人不是喝茶的人，他们天天喝奶，他们只有名字，大鹏鸟啊、花朵啊、彩虹啊、老虎啊，没有姓氏。

第一把蒙古刀伸进舱门之前，陆秀夫背着赵昺跳了海。杨太后说，就是为了这姓赵的一块肉才熬到如今，如今肉没了，我也跳海。城破，一座空空的死城。城破之后七日，海上十万浮尸。

日本的建盏价格涨了五倍。元世祖忽必烈赶制了七千战舰征日本，海上起飓风，战舰皆没。日本称这次飓风为"神风"。

后世中国政客评价崖山之战："宋朝官兵为什么不去海南？不去台湾？跳海姿势优美，然并卵。"

有个问题，我心里想了很久：秦汉以后，为什么我们的管理模式如此根深蒂固（任何变化似乎只是轮回中的波峰或是波谷）而审美却被破坏得七零八落？

简单提炼答案：唐宋之间有个巨大的转折点。陆地文明的顶点是大唐，大唐是那时候的世界中心，万邦来朝，开放从容，从李杜等诗人的诗歌里就能清晰感到。丝绸之路断绝，宋代开始内敛，开始向南发展，开海运，埋头挣钱。那时候，如果能用钱摆平的事就用钱摆平，不必要动刀动枪，所以雇人打仗，所以给北方的蛮族岁供金帛，反正交给蛮族的钱还能通过茶、瓷、丝、香等国际贸易再挣回来。宋朝钱多了，有钱人多了，讲究审美的人也就多了。宋代的审美深入寻常百姓家，唐代的文化集中在王谢堂前。但是，北方的蛮族也觉得西湖好、江南女子美丽，反正江南男子又不禁打，就打过来了，就反复打过来了。中国之美从宋朝达到的顶点反复跌落再试图爬起，多次断裂。

日本是岛国，四面环海，在工业革命之前，很难有外族入侵。

日本物产有限，习惯性地珍惜物力和人工，代表更高级审美的器物从中国和朝鲜进入日本，被很好地崇敬和珍惜，世代相传。马达加斯加岛保留了很多古代的物种，日本保留了很多古代中国的文化，与之类似。

  剩下一个问题，我至今没想明白：我们如何把崖山之前的中国之美一点点收拾回来？

我为什么写作

似乎每个作者写了二十年之后,总会被问或者扪心自问:"你为什么写作?"

写作不是一个自然而然的事儿,相反,不写是个自然而然的事儿。自然界里,除了人类,没有其他生物写作。草和花儿只是努力生长,尽量茂盛,没有一朵花儿学会了说谎,"有了绿草,大地变得挺骚"。食草动物只是努力奔跑,食肉动物总是挣扎着吃饱。甚至神都不写作,佛拈花微笑,把领悟写在水面和梦中,神把教义写在圣母玛利亚的耳朵里。自然界里,只有人类发明了文字,妄图通过文字,把领会到的奥义一代一代传下去,撅着屁股用手臂的小肌肉写了一行又一行,常常忽略了新绿的大地变得真的挺骚。

我也不例外,最近常常被问到"你为什么写作"?简单回答:为了度己和度人。看到听者眼中一片茫然,换种说法:为了自己爽和别人爽。看到听者眼中一片狐疑,于是还是展开说说我为什么写作。

第一，为了消除肿胀。生物在生命周期的某个阶段，总难免肿胀——玉兰绽放之前、柳树泛黄之前、杨花翻滚之前、公猫扑倒母猫之前。二十世纪八十年代，我上高中，这种肿胀最明显。对世界似乎总有很多感悟，但是总不确定，总想表达。夕阳西下，叶片半透明的脉络，天上半透明的云彩，女生半透明的裙子，《史记》里半透明的人性。海明威说："写完了，就完了，就跑了，就不见了。"我当时很认同，写完了，肿胀就消除了，和我无关了，仿佛挤掉了脸上一个疱，即使留下痕迹，时间长了，痕迹也会变得很淡。

第二，为了与众不同。我在高二时身高长到了一米八，但是班上有十个男生一米八以上。我上了协和，那时候，协和一年只招三十个人，但是活着的协和毕业的还是有好几百个人。我专门练过一个月乒乓球，正手攻球像模像样，但是有一千个以上的专业选手能一局让我赢不到三个球以上。于是我在高中时开始写长篇小说，写了十三万字，基本完整。我想，整个中学，应该没有另一个和我一样变态的吧？

第三，为了泡妞。我很早意识到我骨子里热爱妇女，但是作为一个理科男，无论从常识还是逻辑，我都无法理解为什么妇女会对我感兴趣。没钱，没身材，没长相，没房，没车，没耐心，没时间。在大学里，我和一个超级文艺的师姐谈过很久。两人总是吵架，偶尔吵到让我觉得人类基因底层架构真的有严重问题，似乎是为了原始社会设计的，完全不适应市场经济。现在记不得当初任何一次吵架的缘由，只记得我问过师姐，能不能不吵了？师姐说，如果你写的东西能在《收获》或者《人民文学》上发表，我就不和你吵了，你说啥就是啥。于是我发现，妇女是能被文字蛊惑的，"姐姐，今夜我不思考人类，我只想你"。

第四，为了打发无聊。从医学院毕业后去了美国读MBA，暑期在一个医疗器械公司打工挣第二学年的生活费。九点上班，十点半之前一天的活儿就干完了，为数不多的几个中英文网站也逛腻了，实在无聊，开始重新写小说。

第五，为了不疯掉。在麦肯锡工作的小十年，每周平均工作八十个小时以上，感觉自己是个脑力劳动机器，时间变得稀薄，一阵恍惚就是一年。我想让时间慢下来，每个假期哪儿也不去，看窗外的四季变化，在窗子里思念过去，把文字排列整齐。空不是空，以为过去了的所有恋爱，其实都在某个脑回路里，按对了播放键，声音就会响起，味道就会弥漫。色就是色，欲望像一条条由鲜鱼变成的咸鱼，吊在路旁某个屋檐下，随风摇曳，不随秋叶零落。如此，三年一部长篇小说，不疾不慢，不跑不停，不吃药也能战胜抑郁。

第六，为了追求牛逼。在麦肯锡干了小十年之后，转去客户那边上班。一天长会，一顿大酒；两天长会，两顿大酒；三天长会，三顿大酒。大酒之后，腾云驾雾回住处，飞又怕冷，睡又怕梦，打开电脑，码字，醒酒。这样带着酒意写完了《不二》，二〇一一年在香港出版，很快占领了书店排行榜。二〇一六年，五年过去了，《不二》还占领着书店排行榜，还和很多政治书排在一起，不同的是，政治书的封面、主人公和主题都变得面目全非。我在二〇一四年下半年花了三个月翻译了《飞鸟集》，二〇一五年六月出版。在一片骂声中一个不太熟的人发来一条微信："自君翻译，举国震动。人生荣耀，莫过于此。"

第七，为了修炼智慧。别人总觉得我分裂，一直做着一份需要全身心投入的工作，还不放弃写作；写作写出了名头，还不放弃全职工作，不去全身心追求理想、打造自己的文字江山。我倒是觉得我有我的内在逻辑。我经历、我理解、我表达，表达的时候，把经历过的日子再过一遍，沉淀下来的就是比金子还难得的见识。我也习惯了压榨自己，在忙碌的全职工作之余不停地写，源头有活水，山涧间的山泉就不停地流。

第八，为了对抗愚昧。读《资治通鉴》的时候，我不明白，为什么人类总是这么愚昧,尽管书里已经说得这么清楚,现实中还是不停循环、一错再错,"至今思项羽,不肯过江东"。《飞鸟集》噪声最盛的时候,我亲历了乌合之众的狭隘,要么人云亦云,要么借机泄愤,要么美感严重缺乏,要么对宽容和多元没有一点敬畏。我感到了写作的责任,哪怕多写一篇杂文、一首诗、一部小说,哪怕多一个读者多了一点独立思考的意识,也是福德多。

第九,为了补贴家用。写严肃文学还能挣钱,多挣一元,也是欢喜不尽。

第十,为了不朽。我知道不朽是彻头彻尾的妄念,但是想到百年后还有《冯唐文集》二十卷在残存的书店里销售,想到提及爱情动作文学时总避不开《肉蒲团》《金瓶梅》和《不二》,我的心里就开出了花儿。

呵呵。

天用云作字

摄影 / 吕海强

摄影 / 吕海强

想起三十五岁的作家冯唐，还真难过啊

冯唐年轻气盛。冯唐说他要用文字打败时间。冯唐说他欠老天十部长篇小说。三十五岁之前，他在厕上、车上、飞机上，会后、酒后、琐事后，奋不顾身地挤出一切时间，写完了四部长篇小说。写出的小说出版之后再版，二〇一五年，出版方又要出一套新版，让四十三岁的冯唐写写三十五岁之前写这四部长篇小说的感受。他一边回忆那时候的写作，一边回忆那时候的作家冯唐。

《欢喜》起笔于一九八七年左右，结笔于一九八九年左右，从年龄上来看，就是十六到十八岁。当时，写就写了，了无心机，现在想来，缘起有三：

第一，有闲。一九八七年初中毕业，保送上高中，一个暑假，无所事事。于是，我宅在家中，把《欢喜》结尾。

第二，有心。一是差别心。我心灵似乎发育晚，一直对世界缺乏差别心。录音机能录、放英文就好，管它是几百元的"松下"

还是几十元的校办厂"云雀"牌。女生十八岁，哪有丑女？洗干净脸和头发，都和草木一样美丽。但是从十四五岁开始，心变了。几百元的耐克鞋明显比几元的平底布鞋帅多了。个别女生的脸像月亮，总是在人梦里晃。二是好奇心。好奇于这些差别是怎么产生的，是否傻逼，如何终了。

第三，有贪。学校里好几个能百米跑进十二秒的，我使出逃命的力气也就跑进十五秒。我很早就明白，我只能靠心灵吃饭。两种心灵饭对外部条件要求最少，一支笔、一沓纸就够了。一种是数学，一种是文学，但是数学没有诺贝尔奖，文学有。那就文学吧。于是，就在青春期当中，写了关于青春的《欢喜》。再看，尽管装得厉害，但是百分之百真实，特别是那种装的样子。或许，也只有那个年纪，才有真正的欢喜。

《万物生长》第一版是二〇〇一年出版，到二〇一五年，我所知道的，已经有九个版本（含法文译本）。第一版纸质书拿到手上的时候，我还不到三十岁，天真无邪地想："我的精血耗尽了吧，写得这么苦？"结果没有。爹娘给了好基因，大醉一场，大睡三天，又开始笑嘻嘻地一周干八十个小时去了。我还想："我该名满天下了吧，写得这么好？"结果也没有。我又想："我可以全身心投入到工作中去了吧,该写的都写了?"结果又没有。之后十年,每周八十个小时地投身于工作的同时,又写了《万物生长》的前传《十八岁给我一个姑娘》和后传《北京,北京》,我摸摸心胸,似乎肿胀尚未全消。

《十八岁给我一个姑娘》讲述从一九八五年至一九九〇年的北京,一些少年从十四岁长到十九岁。那时候,三环路还在边建边用,三里屯基本没有酒吧,这些少年基本还是处男。那时候,外部吞噬时间、激发仇恨的东西还少,互联网和手机在日常生活中几乎不存在,电脑室要换了拖鞋才能进去,年龄相近的人挣数目相近的钱,都觉得挺公平。那时候,流鼻涕的童年已经相当久远,需要工作、挣钱的日子似乎永远不会到来。身体高速发育,晚上做梦,鸡鸡硬的频率明显升高,月光之下,内心一片茫然。在这种内外环境下,人容易通灵。

两个印象最深的瞬间。一个瞬间是:初夏的下午,太阳将落,坐在操场跑道边的砖头上,一本小说在眼前从银白变成金黄,一个女生从西边走过来,白裙子金黄透明,风把杨树一半的叶子翻过来,金白耀眼。另一个瞬间是:深秋的傍晚,叶子落得差不多了,刚跑完一个一千五百米,四个人坐在三里屯路口的马路牙子上,一人一瓶啤酒,喝一口,待一阵,指点一下街上走过的特别难看的男人和特别好看的姑娘,心里想,这些好看的姑娘晚上都睡在哪张床上啊?小说第一版是二〇〇三年出的,出版之后,在上海书城做了第一场签售会。来了四个读者,其中一个,白裙子,送了一大捧白色玫瑰花,花比人还大,字也没要签,放下花,说了一句"谢谢你的书",就走了。

这四个读者和一捧花坚定了我的文学理想,改变了我对上海女生的看法。从那时起,一直心存感激。

无论从写作时间、出版时间还是故事发生的时间来看,《北京,北京》是"北京三部曲"的最后一部。这一部讲的是妄念,妄念的产生、表现、处理、结果。

我后来是这样定义妄念的:"如果你有一个期望,长年挥之不去,而且需要别人来满足,这个期望就是妄念。"

故事发生在一九九五年至二〇〇〇年,里面的年轻人在二十四五到三十岁之间。那时候,我整天泡在东单和王府井之间的协和医学院,整天见各种人的生老病死以及自己的妄念如野草无边,整天想,人到底是个什么东西啊?到了毕业之时也没有答案。

青春已残,处男不再,妄念来自三个主要问题:一、干啥?这副皮囊干些什么养家糊口?如何找个安身立命的地方?二、睡谁?踩着我的心弦让我的鸡鸡硬起来的女神们啊,哪个可以长期睡在一起?人家乐意不乐意啊?不乐意又怎么办?三、待哪儿?中国?美国?先去美国,再回来?北京?上海?香港?

那时候,我给的答案是:宁世从商,睡最不爱挑我毛病的女人,先去美国再回北京。现在如果让我重答,答案可能不完全一样。想起苏轼的几句诗:

庐山烟雨浙江潮,
未到千般恨不消。
及至到来无一事,
庐山烟雨浙江潮。

"吃过了"和"没吃呢"的心境很难一样,所以现在重答没有意义。

三十五岁之后,这四部长篇小说之后,我又写了两部长篇小说。年轻气盛时候的肿胀似乎消失了,又似乎以另外一种形式在另一个空间存在，累惨了，喝多了，会不由自主地冒出来，让我在睡梦里哭醒，听见有人唱："事情过去好久了，话也没啥可说的了，但是有时想起你，还是真他妈的难过啊。"

出门看场电影

我很少看电影,从来不看电视。不是说电影和电视不好看,恰恰相反,我觉得电影和电视太好看了,我一看就陷进去,一陷进去就是一两天。我没那么多时间,要读书、要行路、要做事,负担不起这种沉溺,不敢这样陷进去。所以,我住的地方从来不放电视机,我进酒店房间第一件事就是关掉电视。

二〇一五年暮春,我的第一部电影《万物生长》公映了。这个电影的拍摄和宣发让我改变了对影视的看法,以后要多出出门,拉着老伙伴和小伙伴去看场电影。

《万物生长》是我出版的第一部长篇小说。一九九九年,我在美国学商,暑期实习时穷极无聊,大块大块的时间摊在美国东北部完善的体制机制下,青春时代的肿胀和无奈沉渣泛起,在脑海里久久不散。海明威讲过写作的一个巨大用途:"When it is written, it is gone." 写下来,就过去了。我想,写部长篇小说吧,把这些青春时代的肿胀留给已经逝去的青春,然后我就可以专心致志地吃喝玩乐、经世济民了。我用了十五天时间没日没夜地写完了《万物生长》，凌晨一点，敲完最后一句"我是你大爷"，油尽灯枯，轰然倒下，蒙头睡去。在睡去之前，用最后一点气力，把电子文稿发给了我医学院同宿舍的张炜。张炜那时候正在哈佛大学读公共卫生的博士，在协和的时候，他在我下铺住了五年。我在上铺一动，就有蟑螂的分泌物和身体零件散落到张炜身上。他说，有一次一只完整的蟑螂尸体准确地落进了他在睡梦中张开的嘴里。

早上七点，我的手机响起，是张炜。他说连夜把《万物生长》看了，忍了一个小时，最后还是没忍住，给我打了电话。他说书里的一切似乎都是编的，但是总体是如此真实；再过十五年，把这本书给小师弟小师妹们看；再过二十五年，把这本书给儿子女儿们看，坦诚告诉他们，我们这些人曾经如此不堪。电话里我简单说了谢谢，一颗心放下了，我的努力没有白费，这部小说具备了它最重要的价值：挖掘人性，还原真实。

《万物生长》是我原著改编的第一部电影。二〇一四年暮春，李玉导演要了《万物生长》小说的电影改编权，问我对这部电影有什么要求。我认真想了想，说，电影首先是导演的，原著作者最多提期望。然后，我提了三点期望：

第一，拍出幻灭。《万物生长》里这些顶尖医学院里的医科学生是有崇高理想的,他们尽全力读书、修炼,为了能在专门领域成为顶尖专家,为了能有自信说他们是死亡面前最后一道屏障。这种充满理想主义的学霸尽管让很多人觉得装逼,就像金线理论让很多人觉得妨碍了他们走捷径,但是这些人得了疑难杂症还是要找有理想的学霸而不是街边号称一针灵的不装的老军医。在青春期有理想就一定有幻灭,会头破血流,会无可奈何。尽管如此,年轻人的理想依旧是世界变得美好一点的主要动力。

第二,拍出人体。人体是人生来就有的器皿,给人很多愉悦,也给人很多困扰,青春期尤其如此。二十岁,女生无丑女;二十岁,男生皆紧绷。女人体,可以美如花草;男人体,也可以美如花草。女人体和男人体缠绕,也可以如杂花生树、群莺乱飞。

第三,拍出诗意。在如今的商业社会里,诗歌似乎是最无用的东西,诗意似乎是装逼中的装逼。但是,诗歌是我们世上的盐,诗意是我们胸肋骨下隐隐要长出来的翅膀。

以四十多岁的年龄看二十多岁时的诗意,有两句诗反映心境。

其一

你对我微笑不语

为这句

我等了几个世纪

其二
老来多健忘，
唯不忘相思。
（白居易《偶作寄朗之》）

如果《万物生长》电影拍出了幻灭、人体和诗意，就不再是一部简单的青春片了，就能包含古往今来无数人的某种深深人性了。

二〇一五年四月，《万物生长》电影公映。很多人问我，我给这部电影打几分？我和这部电影的关系太密切，看了太多遍，我无法客观打分。但是我包了五个电影厅，请我从小到大的师友、同学、小伙伴儿、老伙伴儿五百人看《万物生长》电影，用实际行动证明我多么喜欢这部电影。

在电影放映之前，我到五个电影厅串场，每场都唠叨类似的话。我说，这次我见识了电影的力量，可以在如此短的时间内将如此浓重的情感注入那么多人的心里。在这个移动互联无处不在的时代，我们要有意识地少盯着手机看，我们要多出门和伙伴儿们看看电影，散场后撸串、饮酒、聊天，盯着彼此的眉眼看看。看电影的时候把手机调到飞行模式，撸串、饮酒、聊天的时候把手机调成振动，没电话进来就绝不碰手机。

所以，或当原著作者，或当编剧，或当导演，我要在之后的五年里每年弄一部电影，每年包场和伙伴儿们在线下好好聚聚。

血战古人,让世界更美好一点

二〇一五年一月二十日,朋友徐宁创业的云图正式发布。用徐宁自己的话来说,云图是基于互联网的创造力发布平台,服务于那些无处安放的灵感。我一边听徐宁讲述,一边思考我经历中和灵感相关的那些事儿。

我在三种情景中,深刻体会到灵感的到来:

第一是写诗。

在写作中,写诗是最不可控制的。如果规定一个时间、规定一个地点、规定一个题目,让人去写一首诗,多半写不出,即使写出来,多半也不是好诗。曹丕自己也是文学家,让曹植七步成诗,体现出内行的凶残。"煮豆燃豆萁,豆在釜中泣。本是同根生,相煎何太急?"曹植七步写就,不知他这七步迈了多久,但至少是在一个相对短的时间内站着把诗写了,大才。给我两到三个小时,我能写一篇千字杂文。给我两到三周,我能写一篇短篇小说。给我两到三年,我能写一篇长篇小说。我号称,我是个诗人。但是,给我二十到三十年,我可能一首诗也写不出来,碰到对了的两到三个小时,我也可能写出二十到三十首诗。《冯唐诗百首》中的一小部分是在十一岁的某两到三个小时写完的,另外绝大部分是在我四十岁那一年写完的,中间这三十年,我一首诗也没写。《冯唐诗百首》出版后,间或有人说,冯老师,我过生日,给我写首诗吧。我说,我送你一个包吧,包治百病。

但是诗的灵感来临的瞬间,真是美啊!仿佛一场完全没有伤亡的地震,玻璃球一样的月亮被震脱镶嵌,落到地面被反复弹起,发出清脆的声音。仿佛一树毫无先兆的花开了,粉白的花完全不顾和叶子或者枝干的比例任性地绽放,黑蓝的鸟完全不顾花、叶子、枝干的安静任性地鸣叫。仿佛一次没有过去也没有未来的恋爱。

第二是写长篇小说。

因为从来没有非常完整的几个月来完成一篇长篇小说,所以每篇长篇小说我通常都会先写条故事线。故事线一两万字,里面有核心困扰的分解构成、主要人物的性格外貌、故事的起承转合、主要章节的划分摆布,等等。然后,能挤出一天或半天,我就试图完成一章,这样,整个长篇小说不会太散。我总自我暗示,我欠老天十篇长篇小说。现在已经写了六篇,还差四篇。但是我知道,如果灵感枯竭,我会停笔。感谢长生天,迄今为止,在每次挤出的一天或半天中,我落在纸上的长篇章节总是比自己的腹稿要丰盈、比故事线勾勒的要诡异。我知道,这是灵感的泉水还在流淌的明证。

第三是做商业决策。

我在管理咨询公司被严格训练的工作方式是:以假设驱动的、以事实为依据的结构化逻辑思考。两三个月之后,当千百篇文献被读完、万千个数据被挖掘、数十个访谈被整理,好的管理咨询顾问能在脑海中出现一道闪电,刹那间照见真知灼见。十多年前做过一个血糖仪中国战略的项目,几十个日夜分析过后,结论在瞬间如水晶般简洁清澈,用庸俗的语言简洁清澈地表达就是:招二十五岁到三十五岁男性销售代表重点做三甲医院护士长的教育工作,提高患者测试频率。

灵感的泉水似乎就在心智中的某处,但是,如何让它流淌,一直流淌,越来越多地流淌呢?

第一,要积累。这似乎的确是老生常谈,但是"水之积也不厚,则其负大舟也无力"。和所有真正美好的事物一样,灵感也没有捷径可走,天赋好的,的确有伸手可及的几个果子可以摘,但是即使天赋再好,不支梯子、不爬树,也不会一直能摘到果子。

具体来说，写作是阅读的儿子。想写好长篇小说，最好能读够一百篇长篇小说，最好能熟读之中的二十篇。想写好诗歌，最好能熟读《诗经》《唐诗三百首》《宋词三百首》，最好能背一二百首。积累越多，心智中那池水就越大，一块石头扔进来，溅起的涟漪就越大，产生灵感的概率就越高。

第二，要动手。万事开头难，尤其是找虚无缥缈的灵感。仿佛在现代化仪器全无的条件下挖矿，别想太多，凭直觉、常识和经验找个角度，先开始挖，坚持一阵，就有机会挖到矿藏，不能保证百分之百成功，但是至少比不动手挖的成功机会要大很多。写作的第一秘诀是尽快开头；第二秘诀是建立屁股和椅子的友谊；第三秘诀是必须结尾。

第三，要碰撞。多看看今人和古人用同样的材质或者完全不同的材质如何表述你现在正要表述的这个困扰或者美好，多和其他从事类似创造活动的人聊聊创造活动中的狂喜或者沮丧，吃牛肉不会变成牛，只会让心智更强壮，在灵感领域，一加一往往远远大于二。在写长篇小说的时候找几本风格有借鉴作用的长篇小说在手边，每次写之前翻翻，每次写得不顺的时候翻翻，起兴，仿佛房事前浏览几部东瀛 AV。

第四，要饮酒。饮酒到微醺，脸红脖子粗，脚下多了一截弹簧,整个人一蹦一跳的,似乎手不抓牢栏杆,身体就随着灵魂飞离地面。如果灵感是湖,酒精就是流向湖的隐秘河道。如果灵感是矿,酒精就是某种强力钻头。

往小里说,灵感至少让个体超越自己,创造出自己原来似乎没有的美好。往大里说,灵感让人类超越现存,创造出自然界原来没有的美好。个体在特定的领域里不停地超越自己、超越活人、超越古人,在这个领域开宗立派。多个个体在多个领域里做到超越古人,我们就有了一个古往今来从未有过的美妙新世界。

愿长生天保佑,我和灵感常常遇见。

佛界易入，魔界难入

像我们这样正常的、严谨的、遵纪守法的、不过早失身的、有人生目标的、随时收拾周围的、常做战略检讨的、照顾好其他人的、顺从四季轮回的、每天查看皇历农历天气预报的、不违背医嘱和父母师长的、敬畏星空和道德律的人，午夜梦回时，一声长叹，似乎我们已经在成佛的路上走了很久，似乎我们又总觉得活得真是累啊。

更贱的是，似乎我们在这种累身和累心的状态中汲取力量和快感：我们每天都在进步，我们得到越来越多的赞扬和奖励，我们感觉自己越来越强大。

其实，我们正在一天一天、一点一点把自己变成一个正在小火不停加热的没有出气阀的高压锅。在我们成佛之前，这个高压锅有可能会爆，会飞上天。

首先，人的基因给人无数桎梏，相互制衡、纠缠、羁绊。真正能挣脱这些桎梏，获得身心灵大和谐的概率无限趋近于零。简单地说，佛成佛之后，一切学佛的人都是成不了佛的。我亲身经历过那个大将军和玉杯的公案故事。我拿了放大镜在灯下看一个西汉的玉剑璏，一端平面阴刻饕餮纹，另一端高浮雕螭龙纹。一个手滑，玉剑璏跌下。我下意识地等待那玉碎的一阵响动，没有，地板上竟然有一沓报纸；我下意识地捡起，拿放大镜看有否裂痕，没有。但是，我的手一直在抖，冷汗一直在颈后流淌。按照公案里大将军的领悟，我应该立刻找个坚硬的地板摔碎这个玉剑璏，摆脱人性的桎梏，但我还是很仔细地把它包好，心里很庆幸没有任何肉眼可见的破损。

其次，没有出气阀的蒸汽锅会爆掉。就算地球，也会有火山爆发。就算四季，也会有一两天风狂雨骤。人没有地球结实，没有分明的四季，如果没有阀，人会生癌、心梗、脑出血、患免疫系统疾病。概率告诉我们，成圣的时代早已过去，所以我们这种俗汉类似高压锅，再修行也不会生出翅膀飞上天变成神仙，如果没有出气阀，我们只能自己引爆自己，完成最后一次也是仅有的一次飞行。在我漫长的成长过程中，我长久地担心我老妈会不会因为欲望太多、太强烈而爆掉，然而并没有。六十岁之前，她发泄的方式是饮酒，然后唱歌。六十岁之后，不敢喝酒了，她发泄的方式是骂街，然后唱歌。她现在八十岁了，气血比我们这几个孩子都旺很多。

再次，想装个出气阀比我们想象的难得多。习惯性做好学生的人，以为做个坏学生就像坐个滑梯顺坡儿下驴一样容易，多数人尝试又尝试会发现，一个好学生做一个坏学生比一个好学生一直做一个好学生要难多了。我老哥在我小时候是混街头的，他天生眼神儿睥睨震慑，在我小时候闷头读圣贤书的时候，他总是号称罩着我。有好几次，我老哥把我从书桌旁拎起来，领到某个二逼面前，眼神儿盯着那个二逼，问我"你想不想抽他"，我实在想不出要抽他的理由，我老哥长叹一声，一脸恨铁不成钢的表情，然后就放那个二逼走了。

我尽管五音缺三，但是喝高了到了卡拉OK在麦霸中间也想唱一下找一下存在感。我只会唱三首歌，一首是陈升的《北京一夜》，反正我唱京剧，非北京土著也听不太明白；另一首是宋冬野的《万物生长》，反正我作的歌词，我唱错了也没人纠正；还有一首是左小祖咒的《野合万事兴》，反正我毫无音准，这首歌似乎也不需要音准，没人知道我是唱对了还是错了。我把我唱这三首歌的经验告诉左小祖咒的时候，他已经喝多了，严肃地对我说："不是这样的。我一听就能听出来。你五音缺三唱不对我的歌，你要五音缺五个才行，而且每个音缺半个音才行。"然后他由此说开去，说个不停。他说，一些貌似容易的事儿其实是实在的创新,其实非常难,比如"为无名山增高一米"那个行为艺术,最初版本是十个裸体的人,按照3、2、2、2、1的个数叠成五层,他是十个裸人中的一个,后来,他做了一个猪版的"为无名山增高一米",很多人都说他缺乏新意。"可是,你知道把十头猪弄到山上,让它们叠成五层有多难吗?比十个裸人难太多了!"

落到毛笔字也一样,我在四十五岁的"高龄"开始临《礼器碑》,有个老弟在旁边说:"看看就得了,不要临。字写得漂亮的人太多了,万一你写得漂亮了,再写丑就太难了,你就不是你了,老天给你手上的那一丁丁点独特的东西都没了。"我开始不信,找了两个写字有幼功的朋友试试写丑,两个人都失败了,还都是写得和字帖一样。我渐渐意识到,学坏、走调、写丑,其实和女生自拍不用修图软件、出门不化妆一样艰难。

佛界易入,魔界难入。佛界和魔界都入入,人更知道什么是佛、什么是魔,人更容易平衡一点儿,在世上能走得更远点儿。在一周里,从周一到周六,走走佛界,周日睡个懒觉儿,走走魔界。一年里,日常走走佛界,假期买机票就走,走走魔界。

天用云作字

长期以来，对于我来说，写毛笔字这件事一直不算个事儿，从来没占过我的大脑内存，没上过我的心，直到我参加了平生第一次书画展。

我几乎忘了最初是如何学习写字的了。老哥提醒我，上小学前是抄《人民日报》，抄《人民日报》上的"毛主席语录"，练的是"人民日报体"。他自己也是这么练的，练得比我好多了，字写小点，用的纸黄点，写出来和"人民日报"一模一样。从小学一年级到三年级，学校提倡培养一些业余爱好，比如毛笔字。临帖有两个选择，可以学柳公权，可以学颜真卿，我选了颜真卿。我小时候特别瘦，我很想变胖点儿，尽管柳公权的字似乎更好看，每个字都似乎有掐腰，旗袍似的，但是颜真卿的字壮硕，我想，没准儿临着临着，字如其人，人如其字，我就写成了一个肉乎乎的胖子。

临了三年颜体之后，我并没变成个胖子，也就没了坚持再临下去的动力。我想多点时间读杂书，硬笔带着、用着也的确比毛

天以此刻，天用雲作字
天未來某处，未來某刻
天也用我作字

笔方便。在之后的接近四十年，我手边一直有一支钢笔和一个笔记本，脑子里一有些挥之不去的古怪想法，就记下来；老师要考什么，就记下来；参加工作后，开会、访谈、讨论，有要点，就记下来。好记性不如烂笔头，用笔记下来，用手写下来，似乎就永远是自己的了，带着那些刹那间的温度和味道，再也不可能忘记。这小四十年下来，记满字的本子也堆了半个书架，多次搬家，一本也舍不得丢。

　　写这些笔记时，完全无心，一点没想过：写得好看还是难看？写得有多好看？有多难看？写得怎么好看？怎么难看？写字就是为了记录，就是因为方便，就是写习惯了。大概在三十岁，我在麦肯锡工作了一段时间，有一次笔记本丢了，急出一身冷汗，比笔记本电脑丢了着急多了。很快，一个同事把笔记本还了回来，她说整个公司似乎都在用一个牌子、一样大小的笔记本，一不注意就拿错了，但是一看本子里的字迹，就知道是我的。我现在想起来，应该是在这前后，我写字形成了自己的风格，有了很强的辨识度。应该也是在这前后，开始隔三岔五有人说我写的字好看，女生居多。我想，是不是这些女生不好意思说我长得好看而只好夸我字好看？我和团队里的男生就这个问题交流了一下，男生们一致认为，我想多了。

二〇一五年年底,我第一次去日本,在东京银座晃悠,进了一家叫鸠居堂的文具店,一层挂了一块牌匾,非常实在地夸自己:笔墨纸砚皆极精良。我写毛笔字的过去像是一个隐疾被击中,在鸠居堂的二层买了大大小小五六支笔、两小块墨、一点纸,没买砚台。我住处有几方唐宋的素砚,买了有一阵了,正好拿出来用。二〇一六年一年,慢慢恢复了隔两三天写一个小时毛笔字的习惯。因为总有人要买签名书,每周总要签上百本,索性练字,签了成千上万个"冯唐"之后,对于从鸠居堂买来的毛笔特性越来越熟悉。买了一些《居延汉简》《礼器碑》《史晨碑》,也买了苏、黄、米、蔡的碑帖,看得多,临得少。中国航班准点率低得可怜,在机场等飞机心烦气躁,看不下去太深的东西,泡杯好茶,看看碑帖,整个人稍稍好一点。

二〇一七年,两个美女朋友筹办一个叫"梦笔生花"的文人书画展,据说是近年来规模最大的文人书画展,非说我写的毛笔字好看不可,坚持要求我也给两幅作品。我对我的毛笔字毫无信心,总担心在写毛笔字上我欺世盗名,再次和这两个朋友明确,她们不是觉得我长得好而是确实觉得我字写得好,秉着一个玩儿的心态,送了两幅字,一幅是四尺大字"观花止",另一幅是半尺小字,抄了三首新诗集《不三》里的短歌。

开幕那天，和邱志杰、李敬泽、欧阳江河、张大春做了关于书法的对谈，主持人问了三个核心问题：第一，为什么写书法？第二，文人字是什么？第三，怎么写？

前辈们说得高深，从二王体系讲到"文革"写标语，从文人基因里不得不犯的写字病到美学的传承。我没系统研究和思考，只好实话实说。我写毛笔字很大程度上是为了醒酒。喝多了，又没有喝到烂醉的时候，睡不着，想干点什么。有一件事千万不要做，就是碰手机，不然会做出一些第二天早上想抽自己的事。直接躺床上又不舒服，看书眼睛又花，跑步又容易受伤，这时候写毛笔字真是特别好的解脱方式。酒气冲破神经、肌肉系统中的一些桎梏，偶尔让眼里有神、手里有鬼，写出些没喝酒时写不出来的字。

至于文人字，我的理解是："文"，是写的内容。中文被创造、被使用了三千年，中文内容有直指人心的能量。一些词句被毛笔字单独拎出来，生动异常。有次过生日，有朋友送了我一条内裤，上面手写汉字"旧日时光曾被梨花照"，这条内裤我穿了很久。第一次去台北，开完会已经很晚了，忽然看见远远写着两个简单的毛笔大字，"酒窝"，觉得很温暖，心里一动，就过去喝了一杯。

"人"，是写字的人。字因人传，有不公平的地方。很多文人字，如果不是这些人的名声，一定不会流传得这么广，一定不会这么贵，比如苏轼，比如曾国藩，比如康有为，其实，他们用的文房古董也一样。字因人传，也有很公平的地方。这些名人写这些字的时候，带着他们自己一生的修为、见识、品行、事功、道德文章的力量，观者见字，也能或多或少地感到这些非文字本身的力量。

"字"，是字本身的笔法、结体、章法之美。至于有些笔法、结体、章法有多美，我可以举出不少例子；到底为什么就是美、就是对，我总结不出明确的规律。我能明确的是，书法不只是二王体系，如果笔法、结体、章法有明确的辨识度，写出来有人认、有人喜欢，这些书法就有明确的存在价值。

两周前，我去了一趟海南石梅湾，睡觉时没拉窗帘，第二天被猛光照醒，窗外蓝海碧空，大朵大朵的云彩以不可思议的妙曼的笔法、结体、章法铺满了整个天空，随着时间流淌，缓缓变化。我想：最初的书法大师临谁的帖呢？

在海南，在此刻，天用云作字。

在未来某处，在未来某刻，天也用我作字，用我的手蘸着墨作字。

图书在版编目（ＣＩＰ）数据

无所畏 / 冯唐著. — 北京：北京联合出版公司，2018.8（2025.4重印）
ISBN 978-7-5596-2309-6

Ⅰ.①无… Ⅱ.①冯… Ⅲ.①散文集－中国－当代 Ⅳ.①I267

中国版本图书馆CIP数据核字(2018)第147272号

无所畏

作　　者：冯　唐
责任编辑：牛炜征

北京联合出版公司出版
（北京市西城区德外大街83号楼9层　100088）
北京盛通印刷股份有限公司印刷　新华书店经销
字数143千字　880毫米×1230毫米　1/32　8印张
2018年8月第1版　2025年4月第22次印刷
ISBN 978-7-5596-2309-6
定价：49.80元

版权所有，侵权必究
未经书面许可，不得以任何方式转载、复制、翻印本书部分或全部内容。
本书若有质量问题，请与本公司图书销售中心联系调换。电话：（010）82069336